此生只为一人去

贺嘉 著

江苏凤凰文艺出版社
JIANGSU PHOENIX LITERATURE AND ART PUBLISHING

图书在版编目（CIP）数据

此生只为一人去 / 贺嘉著. -- 南京：江苏凤凰文艺出版社, 2021.7
ISBN 978-7-5594-4780-7

Ⅰ.①此… Ⅱ.①贺… Ⅲ.①散文集 – 中国 – 当代
Ⅳ.①I267

中国版本图书馆CIP数据核字(2020)第058304号

此生只为一人去 CI SHENG ZHI WEI YI REN QU

贺嘉 著

责任编辑　李龙姣
总 策 划　邓　理
策划编辑　付　婷
封面设计　創研設 BOOK Design QQ：418808878
内文设计　谭琼玉
出版发行　江苏凤凰文艺出版社
　　　　　南京市中央路165号，邮编：210009
网　　址　http://www.jswenyi.com
印　　刷　湖南天闻新华印务有限公司
开　　本　889mm × 1194mm 1/32
印　　张　7.75
字　　数　210千字
版　　次　2021年7月第1版
印　　次　2021年7月第1次印刷
书　　号　ISBN 978-7-5594-4780-7
定　　价　45.00元

古诗词里
荡气回肠的爱情故事

目　录

- 比翼
- 如梦
- 当时
- 泪妆
- 葬心
- 红豆
- 空事

- 迟迟
- 余生
- 藏情
- 破碎
- 初见
- 最爱
- 来生

《采桑子·谢家庭院残更立》

比翼

纳兰容若

与

《采桑子·谢家庭院残更立》

（清）纳兰容若

采桑子·谢家庭院残更立

谢家庭院残更立，
燕宿雕梁。
月度银墙，
不辨花丛那辨香。
此情已自成追忆，
零落鸳鸯。
雨歇微凉，
十一年前梦一场。

一见不钟情

年少时读《三国演义》，我常常震撼于"同患难，共荣辱"的豪情壮志，刘备、关羽、张飞三人情投意合，结为生死兄弟，"不求同年同月同日生，只愿同年同月同日死"。而今再读来，却更多感动于"只愿同年同月同日死"的浪漫主义情怀。

可浪漫始终难得，毕竟，有多少人真正愿意割舍世间的一切美好，陪伴着你去往另一个不知光明与否、温暖与否的未知地呢？

康熙十六年五月三十日，纳兰容若的第一任妻子卢氏去世。八年后，康熙二十四年五月三十日，纳兰容若离世，虽不能同日生，却同日死。是承诺也好，巧合也罢，好像冥冥中自有安排，平添了一份浪漫。

当然，并不是所有浪漫都有一见钟情的戏码。卢氏并不是纳兰容若第一个爱上的人，他在那段无忧无虑的年少时光里，与青梅竹马的表妹产生了朦胧的情愫。在任何一段认真开始的感情里，每个人都想过举案齐眉，执子之手与子偕老。可惜的是，世间更多的是事与愿违，感情尤甚。这份两小无猜的感情得花什么力气才能走到终老呢？纳兰容若虽不知道，却有过幻想。

然而，心上人表妹入宫选秀，被纳为妃子。这段来不及幻想终老的美好感情戛然而止，而且被彻底画上了终止符。真心付出的感情了无归处，纳兰容若悲从中来，提笔写下《画堂春·一生一代一双人》：

一生一代一双人，争教两处销魂。相思相望不相亲，天为谁春？

浆向蓝桥易乞，药成碧海难奔。若容相访饮牛津，相对忘贫。

天造地设的一对佳人，相亲相爱却不能相守，五彩缤纷的春天究竟是为谁开放？牛郎与织女，远在银河之端，漫长一年只能相见一次，何其不幸？可那些曾经以为能共度一生却因为距离而不能继续相爱的人，却羡慕牛郎织女一年一会的幸福。茫茫人间，能够团聚，即使一年一次，即使抛却荣华富贵也甘心。情感创伤在前，事业变故在后，纳兰容若迎来了人生的低谷。

十八岁那一年，文武双全的纳兰容若参加乡试，中了举人。过了一年，他得以参加殿试。在殿试前夕，踌躇满志的纳兰容若突然生病，病情来得迅猛，他无法参加考试，只能回家养病。

爱情与事业的双重打击，使纳兰容若的心渐渐变成了一摊冰冷的死水，了无生趣。父亲纳兰明珠见此，心疼不已，打算替儿子谋一桩婚事“冲喜”。卢氏便是这桩婚事的女主角。

纳兰明珠乃康熙朝重臣，历任内务府总管、刑部尚书、兵部尚书、太子太傅等要职，他渴望的是一桩在当时的社会背景下门当户对的亲事，卢氏的父亲是卢兴祖，汉军镶白旗人，任当时的两广总督。一个是中央要员的翩翩公子，一个是封疆大吏的纤纤少女，无论是权势，又或者是地位，这两户钟鸣鼎食的家庭一拍即合。这场婚姻，郎才女貌，望衡对宇，几乎是当时最理想的结亲模式。于是，病愈后的纳兰容若应承着父母之命媒妁之言，迎娶了年方十八的卢氏。

在古代的政治婚姻中，多的是素未谋面的相敬如宾与形式上的举案齐眉，却很少见心心相印的真情与依依相惜的陪伴。纳兰容若与卢氏，最开始是政治中的两颗棋子，即便卢氏再美，纳兰容若也未能迅速地走出最初那份感情的阴影，但幸好，随着时间流逝，他们真心实意地爱上了彼此，往令人神往的爱情传奇里添上了浓重一笔。

英国犹太作家伊斯雷尔·赞格威尔曾经说过："一见钟情是唯一真诚的爱情，稍有犹豫便不然了。"我并不赞同，在自由意识尚未萌芽的古代，权责纲要永远排在首位，一见钟情的未必能够突破制度与纲常的限制牵手终老。

而一见钟情固然浪漫，但一见不钟情，却在往后相处的日子里萌生"不求同日生，但愿同日死"的深爱其实更浪漫。

相处却怦然

爱往往是一件不自知的事，有时候我们好像并不知道自己是在什么时候爱上了那个以为永远不会爱上的人。

纳兰容若怀揣着一颗冰冷的心步入政治婚姻当中，在经历第一次情感挫折后，他以为自己并不会迅速爱上枕边的"陌路人"，却不知心底的死灰在潜移默化中被卢氏的星星之火悄悄点燃了。

卢氏是温柔的。

新婚后不久，卢氏敏感地察觉到了丈夫的异样，但她并不在意，因为过往已经存在，谁也无法更改，那些前尘往事不必追问，唯有相爱相惜的未来才值得期盼。每个人的心中都有一段过去，此时，纳兰容若已是她的丈夫，而未来，是她与他携手走向更远更好的未来。

每日，在纳兰容若去书房看书前，卢氏都会提前收拾好桌子，把书摆齐，又摆上水果和零食，并一直陪伴左右。

卢氏是富有才华的。

在温柔贤淑的性格之下，卢氏也有着难以隐藏的才气，她自小饱读诗书，才华横溢，甚至能够与纳兰容若侃侃而谈。

卢氏曾经问过纳兰容若，世界上最悲伤的字是哪一个。纳兰容若苦思无解，卢氏自答："'若'字。"为何？若，即"如果"之意。没有遗憾何来"如果"？一旦言"若"，大抵是对目前正在发生或已经发生的事无能为力，只好寄托于"如果"的奢望。

这一幕像极了宋朝李清照与赵明诚夫妇，在一间茶香氤氲的书房里，纳兰容若与卢氏赌书泼茶，窗外的月光宜人，心中的爱的火花正在慢慢点燃。

卢氏是可爱的。

一日大雨，纳兰容若在书房看书，以往相伴左右的卢氏却不见踪影，他觉得仿佛少了些什么，书怎么也读不进去，于是起身四处寻找。后来，他在后院找到了卢氏，她正站立在雨中，手里撑着两把伞，一把遮自己，一把遮住池塘里刚刚开放的荷花。

又一日，纳兰容若读书时突觉背部发痒，仿佛有一些虫子在爬，身体不自觉地左摇右晃，一旁的卢氏看到了，上前帮他搔搔痒，纳兰容若被惹得“咯咯咯”地笑，好不欢快。

再一日，夜已经深了，卢氏一直坐在桌子旁，毫无睡意。纳兰容若过去一看，她正在聚精会神地鼓捣凤仙花，制作红色液体，用来染指甲。

这些可爱的状态，都被淋漓尽致地写进了《和元微之杂忆诗》里。

春葱背痒不禁爬，十指掺掺剥嫩芽。
忆得染将红爪甲，夜深偷捣凤仙花。

幸福的生活永远是由幸福的细节组成，夫妇二人还会用花灯小盏捕捉萤火虫，也会像小孩子似的一起玩捉迷藏……在时间点点滴滴的积累下，纳兰容若深深地爱上了卢氏，爱上了那个与自己相似的、温柔的、富有才华的、孩子气的卢氏。至此之后，爱意渐浓，生活愈发幸福。

白日里，他们携手走过街边热闹的小巷，也会静坐闺中，看风吹雨打芭蕉叶；闲暇时，他们共读杜荀鹤的《松窗杂记》，也同为《世说新语》中荀奉倩“不辞冰雪为卿热”的故事黯然神伤；

日落后，他们坐看月亮爬上山头，乘着月色在院子里纳凉；夜深后，他们同床而眠，有着说不完的床前话；早起时，他们难得各有自己的小心思，卢氏先醒时，因害怕打扰纳兰容若的睡眠，便蹑手蹑脚地走出房门，而纳兰容若先醒时，却不急着出门，反悠闲地坐在床边，看卢氏美丽的容貌。

在无数个惬意的片段里，日子恍然走过了一生一世。婚后第三年，卢氏怀孕，这一生一世的浪漫迎来了新的生命，纳兰容若在阳光明媚的日子里携有孕在身的卢氏外出踏青，一路畅想未来的美好生活。畅想之余，纳兰容若也感慨，他从未预料到这桩父母之命媒妁之言的婚事，竟如此美好。即使这一场“先结婚后恋爱”的另类浪漫来得晚了一些，却来对了。

三年断肠人

意外的美好不可预料，突然的灾难亦然。而且，越是美好的时光，当灾难到来时，也就变得越残忍，越令人感到痛苦。

岁月匆匆，很快到了卢氏临盆的日子。那一天，全府弥漫着喜气洋洋的氛围，整家上下个个笑容满面，期待着新生命的降临，为当下的美好再增添一份生机。只是，紧闭的房门内叫喊声撕心裂肺，屋外的紧张与期待，慢慢演变成了着急与害怕。

屋内，产婆急得满头大汗，卢氏的每一次喘息都在一点点耗尽她的镇静与安妥；屋外，端进去的是一盆接着一盆的热水，端出来的却是一盆接着一盆的血水。

卢氏难产，尔来沉痼，一个月后撒手人寰。纳兰容若措手不及，几近崩溃。三年携手相伴，一夜之间却阴阳相隔，此生不复相见。变故骤然，人生苦短。

卢氏死后，纳兰容若陷入深深的痛苦之中。痛苦之中有不平，卿卿佳人的寿命为何如此短暂，携手不过三年，未来的大好时光还不曾感受；痛苦之中有懊悔，当初刚成亲时，心中是不是还藏着一份对表妹的留恋，而未能全心全意对待卢氏？若当时能一心一意相待，那此刻美好的回忆是不是能够更多一些？痛苦之中有悲伤，第一份与表妹青梅竹马的感情半路夭折，第二份与卢氏依依相惜的感情未得善终，曾经都说好了要白头偕老，最后却总是事与愿违。

人死不能复生，但纳兰容若却抱着一种奢望。他将卢氏的灵柩放在禅院里，久久不肯将她下葬，而他自己每日就拖着孱弱的身子，坐着轿子前往禅院，闻着淡淡的禅香，听着大师吟诵的佛法，心生疑惑，深奥的佛法参悟不透，人生的苦难亦然。

过往幸福的细节，一遍又一遍地如潮水般往复涌来，一遍又一遍刺痛了纳兰容若的心。

他怀念曾经与卢氏赌书泼茶的时光，写了《浣溪沙·谁念西风独自凉》。

谁念西风独自凉，萧萧黄叶闭疏窗，沉思往事立残阳。

被酒莫惊春睡重，赌书消得泼茶香，当时只道是寻常。

秋深之际，西风渐紧，凉意重重。往日里，卢氏会急急忙忙取来衣裳，让纳兰容若披上，抵挡冷峭的寒意，可今时今日，枕边人长眠，再也不能陪伴自己左右，嘘寒问暖，铺床叠被了。

秋风吹得更疾了，树叶枯黄，纷纷扬扬地飘进屋内，纳兰容若起身关上窗户，渴望将触绪伤怀的往事通通挡在窗外。只是，愁绪如风，通过窗户的缝隙钻入心间。想到卢氏无微不至的关怀，悲伤与追悔又翻滚而来。

他怀念一个个月光撩人的日子。一日夜，纳兰容若看着皎皎的月光，想起人有悲欢离合，月有阴晴圆缺，而至此之后，他的世界却只剩下别离之悲和阴缺之憾，挥笔写下《蝶恋花·辛苦最怜天上月》。

辛苦最怜天上月，一昔如环，昔昔都成玦。若似月轮终皎洁，不辞冰雪为卿热。

无那尘缘容易绝，燕子依然，软踏帘钩说。唱罢秋坟愁未歇，春丛认取双栖蝶。

他日日悲痛，想象夜空中的一轮明月仿佛成了自己魂牵梦萦的亡妻。看似在对月抒情，实则是自我反省。想起从前与卢氏聚少离多，自己不是入职宫禁，就是伴驾出巡，未能好好陪伴卢氏，如今卢氏早逝，追悔已来不及，痛苦却是终生。

如果卢氏真的处在“高处不胜寒”的月宫，纳兰容若渴望自己能够夜夜为妻子送去温暖，不惧寒冷，也不怕孤寂，也要弥补心中的遗憾。

只是，幻想是幻想，现实是现实。即使纳兰容若在卢氏的坟前悲歌当哭，唱罢了挽歌，甚至心心念念与卢氏双双化作蝴蝶，像梁山伯与祝英台一般，在一片灿烂的花丛中双栖双飞，永不分离，内心的愁思也无法消融。

原本身体抱恙的纳兰容若在百感交集中得了寒疾，一时难以康复。夕阳西下，恩爱的三年恍如一场黄粱梦，他成了断肠人。康熙二十四年五月三十日，纳兰容若离开人世，年仅三十一岁。无论他是“七日不汗死”，又或者“忽以去年五月晦得寒疾卒”，又或者因其他方式告别人间，“不求同日生，但愿同日死”的浪漫终是实现了。至此，他不用再沉浸在失去枕边人的悲痛之中，而是去到卢氏的世界，与之长相厮守。

一切若重来

生与死，情与爱，其实都是一场宿命，抑制不住地发生。

十七岁那年，纳兰容若外出游玩，在广源寺看见一群少女。少女们一边嬉笑打闹，一边议论《秋水轩唱和》，纳兰容若听得入迷，尤其是其中一位女子的声音，温软纤细，让他如痴如醉。

纳兰容若循声望去，那位女子长得素净，性格沉稳，他的心在那一刻忽然荡漾了，目光被紧紧地吸引住。近乎失态的留恋，被那群少女发现了，面对投注而来的警惕目光，纳兰容若灵机一动，借着《秋水轩唱和》的韵，吟了一首《金缕曲·疏影临书卷》。

疏影临书卷。带霜华、高高下下，粉脂都遣。别是幽情嫌妩媚，红烛啼痕休泫。趁皓月、光浮冰茧。恰与花神供写照，任泼来、淡墨无深浅。持素障，夜中展。

残釭掩过看愈显。相对处、芙蓉玉绽，鹤翎银扁。但得白衣时慰藉，一任浮云苍犬。尘土隔、软红偷免。帘幕西风人不寐，恁清光、肯惜鹴裘典。休便把，落英剪。

看似，纳兰容若是在咏花坛中的白梅花，但当时正处夏季，白梅早已凋谢，只剩一株枯枝，他不过是借物喻人，咏那位素净如白梅的女子吧。

婚后一日，纳兰容若心血来潮，将这首《金缕曲·疏影临书卷》交予卢氏看。卢氏看后，沉默许久，而后抬头，热泪盈眶，一字一顿地说："闻来似曾相识！"

谁言一见不钟情？她便是他当年词中所咏之人，只是彼此不知罢了。冥冥之中早已注定的缘分，是一生的执念，也是难逃的劫难。

康熙二十三年，纳兰容若思念成疾，写下《采桑子·谢家庭院残更立》。

谢家庭院残更立，燕宿雕梁。月度银墙，不辨花丛那辨香。

此情已自成追忆，零落鸳鸯。雨歇微凉，十一年前梦一场。

一夜分五更，当时已过残更，庭院孤寂、寒凉，墙壁在月光下泛着银白色，燕子双双栖息在横梁上。空气中传来一阵阵花香，不知来自何处。月光之下，花香之中，一对佳人相互依偎，然而，两地零落，昔日的恋人成了一对分离的鸳鸯。

此情此景，已成追忆，往事如烟散落在天涯，纳兰容若被雨夜后的微凉惊醒，这一场做了十一年的朝夕相伴的梦，该醒了。

十一年，是自娶到卢氏到如今，漫漫的时光能够令遥远的人与感情变得模糊，却始终不能将其遗忘。世事无常，人间悲苦，在“此情可待成追忆”里被刻画得淋漓尽致。梁启超在《中国韵文里头所表现的情绪》里评论：“哀乐无常，情感热烈到十二分，刻画到十二分。”

情感浓烈到难以自持，大抵是知道怀念亡妻的时间已经不多了，自己也将面对着故土。雨淅淅沥沥地下着，天渐渐变凉，思绪飘向窗外，随着风远去，而在一场场的梦里，有多少星辰做伴的依偎，即使风再大，也始终未曾泯灭。

自卢氏死后，纳兰容若又娶了官氏，也有侧室颜氏，三十岁时又纳江南才女沈宛青格儿为妾。或许他都曾动过情，但我始终相信那些留在诗词里的爱意与思念才是最真挚的情。

康熙二十四年五月三十日，纳兰容若匆匆离世，这又是一场宿命。距离卢氏逝世，整整八年了，一天不多一天不少。

在人世间，经历过的满身风雨与破碎，拥有过双收的名利与富贵，但到最末端，一年又一年，起起落落，沧海又桑田，青丝变白发，有意又失意，都会成为一场空。

在另一个世界，相爱的人终于又在一起了，这一次是永生永世，不离不弃。

纳兰容若

清朝词人

纳兰性德（1655年—1685年），清满洲正黄旗人，纳喇氏。大学士明珠子。以避废太子名改成德，字容若，别号楞伽山人。

纳兰性德自幼饱读诗书，文武兼修，十七岁入国子监，被祭酒徐元文赏识。十八岁考中举人，次年成为贡士。康熙十二年（1673年）因病错过殿试。康熙十五年（1676年）补殿试，考中第二甲第七名，赐进士出身，授乾清门侍卫。生平淡于荣利，爱才喜客，所与游皆一时名士。纳兰性德曾拜徐乾学为师。他于两年中主持编纂了一部儒学汇编——《通志堂经解》，深受康熙皇帝赏识。

纳兰性德于康熙二十四年（1685年）五月三十日（7月1日）溘然而逝，年仅三十岁（虚龄三十有一）。纳兰性德的词以“真”取胜，写景逼真传神，词风“清丽婉约，哀感顽艳，格高韵远，独具特色”。著有《通志堂集》《侧帽集》《饮水词》等。

如梦

秦观

与

《鹊桥仙·纤云弄巧》

〔宋〕秦观

鹊桥仙·纤云弄巧

纤云弄巧，飞星传恨，
银汉迢迢暗度。
金风玉露一相逢，
便胜却人间无数。
柔情似水，佳期如梦，
忍顾鹊桥归路。
两情若是久长时，
又岂在朝朝暮暮。

一巧一恨

七夕，又称乞巧节，是中国的情人节。

相传，七夕乞巧的习俗始于汉代，宋人罗烨、金盈之辑《醉翁谈录》里说："七夕，潘楼前买卖乞巧物。自七月一日，车马嗔咽，至七夕前三日，车马不通行，相次壅遏，不复得出，至夜方散。"乞巧市集，盛况空前，可与热闹的春节相应，它也成了古人最喜欢的节日之一。

我也喜欢七夕，不管有没有情人，这个节日都太浪漫太温馨了。当然，在这份浪漫之外，还笼罩着一丝悲情的气息，那是出于对一双有情人的伤怀。牛郎和织女的故事，无人不为之扼腕，他们也曾有过朝暮相依的好时光，最后却被无情拆散，任凭思念入骨，只能一年一见。世间最沉痛的事莫过于此，相爱却无法相守，天各一方，银汉迢迢。

唯有每年的七夕佳节，他们才能一家团聚，共诉衷肠，共享一段天伦之乐。我在成年离开家后，也曾无数次想起求学时的暑夏光景：夏日炎炎，少有空调，学校和家里都只有天花板上挂着的一架风扇消热，酷暑难耐，六月底七月初就放假了，至此开启长长的两个月的假期。一放假，就不知时日，和三五小伙伴，撒开了玩，总是能在两个月的假期里把所有学到的知识都忘记。在那些不知今夕何夕的忘我假日里，最难忘的还是一家人吃晚饭，一家人在院子里纳凉的情景。

家乡的夏夜很迷人，抬头便见繁星铺满了一片苍穹，孤独的月亮也高挂其间。明朗的夜空，时常给人一种伸手即能摘星星和月亮的错觉。正待伸手时，家里老人就率先把快举起来的手打落了，他们说，用手指月亮，小心晚上耳朵会被割掉。惊骇之下，中途被打落下来的手只能摸向自己的耳朵，庆幸一切完好。长大后才知道，这可是大人们一代代传下来的“警言”。只有勇敢的孩子，才能早早戳破它，安心地指向月亮那方。

不知为何，这些笼罩着神秘色彩的“警言”，于我而言，都不算是欺骗，相反，因为夹杂着诸多想象和浪漫，多了一份美好。

我也一直记得牛郎织女鹊桥相会的传说，不知从哪里看来的，说是在七夕的夜晚，如果坐在葡萄树下，静静地听，便能听到牛郎织女这对眷侣的私语。早年七夕佳节，曾在家里的葡萄树下独坐了一夜，点了十来盘蚊香依然未能幸免，被咬了好几次，却没有听到他们相会时的秘语，朗朗夜空，唯有不绝于耳、无法叫停的蝉鸣蛙叫声。

在那个信息交流不便的年代，古人为众人编造了一个又一个美丽的神话传说——盘古开天辟地、女娲造人、后羿射日、精卫填海、夸父逐日，以及牵牛织女。每一个故事的背后，是古人天马行空的想象，也是古人智慧的凝练，代代相传，是真是假，都无关紧要。作为听故事的人，重要的是我们自己在背后的所想所获。

爱情是美好的，两个人确认心意，许下承诺，约定三生，不过故事的结局常常令人唏嘘，有人在生活里磨光了当初的爱，有人诀别不复再见，花开两朵，天各一方。越是深爱，越难相守白头。今日，虽说不用苦苦等待，一通电话，一条微信就能让两人互通问候，可也正因此，爱更加难得，不是每个织女都能等到牛郎，也不是每个牛郎的身边都能有一个织女，现世银河，谁又知会在哪里与对的人相会。

古往今来，无数文人墨客在七夕写下牛郎织女的寄情诗篇，在这些诗歌中，秦观的《鹊桥仙·纤云弄巧》肯定成为过很多人的美好回忆吧。少年求学时，曾用工整字体把这首诗手抄给喜欢之人。那时，刚好面临升学，前途不可知，或许就要如此分开了，急忙扔了一张纸条过去，写上了那句“两情若是久长时，又岂在朝朝暮暮”，他也用安慰的话语回道：最近的距离就在心里，别怕。

后来，忘了因为什么缘由分了手，但当时的这份互动却一直在心田发光发热。同时，因了诗词，对诗人秦观也有了浓浓的兴趣，心想，他的这首诗又曾写给过哪位心上人呢？深深羡慕那位被他爱着的人，于我而言，这首诗背后传达的就是一份真心的守候和慰藉，即便世事变迁，也请别怕，相信双方一定能守住那份在心中翻涌的爱海。

金风玉露

爱一个人容易吗？说难也易，难的是始终不渝、不改心意以及长长久久的相处，感情要在生活琐碎中历经考验才能明了真心；易的是爱的发生不过一瞬间，不过一次回眸，两人眼神相碰，正如歌词所言，确认过眼神，我遇上对的人。现实生活里，有一见钟情的奇妙火花，也有日久生情的相知相依。有句话说，这个世界上最幸福的事，莫过于你爱的人也正好爱着你。海子说，你来人间一趟，你要看看太阳，和你心爱的人一起走在路上。不管是爱人抑或是被爱，都是世界上最美妙的体验。

所谓爱的美好，秦观都懂。

秦观生于仁宗皇祐元年（1049年），宋扬州高邮人，字太虚，又字少游，号邗沟居士、淮海居士，因其父当时很钦佩太学士王观的才华，所以为儿子取名为“观”。

秦观也如父亲钦佩的王观一般，才华横溢。清新妩丽的词里却藏着一颗驰骋疆场的心，在重文轻武的宋朝，这样的志向可谓太不合时宜了，或许也正因此，注定了他一生的悲郁凄苦。郁郁不得志间，爱却未曾缺席。

元丰一年，秦观第一次参加科举，孰料落第了。

次年三月，春日正好。秦观前往会稽探亲，因缘际会之下，与会稽的太守程公辟结识。

这位程太守是个慷慨热情且好客的主儿。先是带秦观去游历了当地的名胜风景，接着又在蓬莱阁宴请了秦观。

这蓬莱阁在当时可是极负盛名。就在觥筹交错间，一名官妓缓缓而至，侍奉在侧。

她叫越艳，是位官妓，长相清丽。秦观对她动了心，情生意动之下，写了一首《满江红·越艳风流》：

越艳风流，占天上、人间第一。须信道、绝尘标致，倾城颜色。翠绾垂螺双髻小，柳柔花媚娇无力。笑从来、到处只闻名，今相识。

脸儿美，鞋儿窄。玉纤嫩，酥胸白。自觉愁肠搅乱，坐中狂客。金缕和杯曾有分，宝钗落枕知何日。谩从今、一点在心头，空成忆。

越艳风流，越艳美，有着让人一见便再难忘怀的倾城绝色，可惜那又如何，她是官妓，他是贵客；她是漂泊之人，他是有妇之夫，他们之间隔着太遥远的距离，就算再喜欢，也不能带走，只能遥遥相望，梦一场，最终只能把她刻在自己的心上。后来，他在《满庭芳·山抹微云》一词中倾诉过这份离情：

山抹微云，天连衰草，画角声断谯门。暂停征棹，聊共引离尊。多少蓬莱旧事，空回首、烟霭纷纷。斜阳外，寒鸦万点，流水绕孤村。

消魂。当此际，香囊暗解，罗带轻分。谩赢得、青楼薄幸名存。此去何时见也，襟袖上、空惹啼痕。伤情处，高城望断，灯火已黄昏。

那些蓬莱往事啊，蒙上了时间这层纱，只能空回首，高楼望断，伤情连连。

爱上一个不合适的人，又当如何呢？那只能是一个人独自品尝这苦果。无法在一起的人，还有一道魔力，无论世事如何沧桑蜕变，岁月如何变迁，那个人都美好如初，让人念念不忘。

生活还要继续，想念只能在心底流淌。

从会稽回来后，秦观开始准备第二次进京应试。元丰五年的春天，秦观再次落第。内心忧愤，备受打击，面对眼前好风光，心中只有无尽感伤，挥笔写下《画堂春·落红铺径水平池》，其中情绪可窥见一二：

落红铺径水平池，弄晴小雨霏霏。杏园憔悴杜鹃啼，无奈春归。

柳外画楼独上，凭栏手捻花枝，放花无语对斜晖，此恨谁知？

落花铺满了园中小径，春水溢满了池塘。细雨霏霏，淅淅沥沥。杏园里花谢了，只剩杜鹃的哀啼，无可奈何，春天已经远去了，但有人还在眷念逝去的美好年华，可是又能如何呢？谁都无法挽留时间。

三年又三年，人生还有多少个三年呢？终于，柳暗花明又一村。

元丰八年，秦观考上了进士，那一年，他已经三十六岁了。

在考上进士之后，秦观被司马光招为门下侍郎，担任蔡州教授。

在蔡州上任时，秦观又有了新的艳遇，她叫娄琬，是一名营妓。也是来也匆匆，去也匆匆，爱在心田，给不了任何承诺。秦观在《水龙吟·小楼连远横空》中写过这段情愫：

小楼连远横空，下窥绣毂雕鞍骤。朱帘半卷，单衣初试，清明时候。破暖轻风，弄晴微雨，欲无还有。卖花声过尽，斜阳院落；红成阵，飞鸳甃。

玉佩丁东别后。怅佳期、参差难又。名缰利锁，天还知道，和天也瘦。花下重门，柳边深巷，不堪回首。念多情、但有当时皓月，向人依旧。

自别后，秦观想她，念她，为她消瘦，可惜他被“名缰利锁”牵绊着，无法顾及儿女情长，唯有明月知他心。

还有一首诗，也是用明月寄相思的，他爱上了一位叫“师师”的女子。在《一丛花·年时今夜见师师》中如此写道：

年时今夜见师师，双颊酒红滋。疏帘半卷微灯外，露华上、烟袅凉飔。簪髻乱抛，偎人不起，弹泪唱新词。

佳期谁料久参差。愁绪暗萦丝。想应妙舞清歌罢，又还对、秋色嗟咨。惟有画楼，当时明月，两处照相思。

那年，她紧偎在他的怀中，一别经年，佳期难料，只有愁绪满怀。

秦观一次又一次爱上乍然相见的女子，这些金风玉露一相逢的美人儿，在他心里，真的胜却人间无数吗？说他博爱也好，多情也罢，朗朗明月下，或许只有他自己知道，最牵挂的是谁。

佳期如梦

秦观为心动的佳人都写过诗词，若是每个佳人都属意于他，怕是只会徒留一阵伤心了。对秦观而言，他当然爱你，但又不会只爱你一个。若是要他别轻易动心，那可是比登天还难吧。

除却一个个娇俏美人外，或许秦观更爱的是自己的仕途和抱负。他一生未曾被情所困，困住他的只有名利疆场。

秦观是苏轼的好友，也是“苏门四学士”之一。苏轼任徐州太守的时候，秦观利用进京应试的机会，特地拜见了苏轼，两人从此建立了亦师亦友的关系。分别之际，秦观写诗给苏轼说："我独不愿万户侯，惟愿一识苏徐州。"当然，苏轼也夸赞他，认为他有屈原、宋玉之才。

一次次的失利，在苏轼的鼓励下，他一次次得到提拔。

元祐初年，苏轼以"贤良方正"的名义向朝廷推荐秦观，秦观被任命为太常博士，兼国史馆编修官，和黄庭坚一起预修《神宗实录》。仕途的顺利，一切得益于苏轼的赏识，当时，苏轼的身边皆是最负盛名的文士，而当苏轼被贬谪时，这些文士们都纷纷被弄下了台。

绍圣元年，哲宗亲政，苏轼及门下都以元祐党人罪名被贬，秦观也未能幸免，他被贬为杭州通判。可惜，秦观没有苏轼的豪放乐观，也没有黄庭坚的坦然释怀，他十分伤心难过。美景美人皆无心观，写下了一曲悲愁的《江城子·西城杨柳弄春柔》：

西城杨柳弄春柔，动离忧，泪难收。犹记多情、曾为系归舟。碧野朱桥当日事，人不见，水空流。

韶华不为少年留，恨悠悠，几时休？飞絮落花时候、一登楼。便作春江都是泪，流不尽，许多愁。

在赶往杭州的路上，新的贬谪诏书又来了，他被贬到处州

（今浙江丽水）去监酒税。多么残酷的现状啊，却迎上了江南的好风光，他陷入了香车骏马、诗酒年华以及娇俏美人的过往回忆里：

晓色云开，春随人意，骤雨才过还晴。古台芳榭，飞燕蹴红英。舞困榆钱自落，秋千外、绿水桥平。东风里，朱门映柳，低按小秦筝。

多情，行乐处，珠钿翠盖，玉辔红缨。渐酒空金榼，花困蓬瀛。豆蔻梢头旧恨，十年梦、屈指堪惊。凭阑久，疏烟淡日，寂寞下芜城。

好风光不过十年，秦观只能孤独寂寞地离开繁华京城，去往一个陌生的城市。生活如此多艰，只可恨，当权者仍不满。三年后，秦观被削去官职，贬到了郴州（今湖南郴县）。

一贬再贬，秦观茫然无措，看不到未来，愁思不断。

命运在关上一扇门时，也悄悄地打开了一扇窗。正是人生最落寞时，秦观的生命里来了一位女子。这位女子是在秦观去郴州的途中，在潭州（今长沙）遇到的。

那女子是个艺伎，熟读秦观诗词，为他的才华倾倒。当自己的偶像出现时，她也事无巨细地安顿好一切，准备晚宴，并亲自为秦观整理床铺，软哝细语，陪伴在侧，带去了温暖和感动。

可惜，秦观还要继续南下，前往郴州。两人沉重告别时，那女子对秦观说道："妾不肖之身，幸得侍左右。今学士以王命不可久留，妾又不敢从行。"言语间，两人都泪盈于睫，十分不舍。为此，秦观写下了《阮郎归·潇湘门外水平铺》：

潇湘门外水平铺，月寒征棹孤。红妆饮罢少踟蹰，有人偷向隅。

挥玉箸，洒真珠，梨花春雨徐。人人尽道断肠初，那堪肠已无。

冷冷的月光下，一只孤舟待发，这场离别早已让人痛断肝肠。挥别心上人，天气越来越寒冷，夜越来越漫长了，一夜难眠。

前路漫漫，这奔波流放的日子何时到头，想要再见心上人，可惜佳期如梦，没有喜鹊来铺路，只能熬下去。

朝朝暮暮

若是有情人，谁不想朝朝暮暮，日夜相对呢？

秦观在遥远的潇湘之地，继续煎熬着，一任内心孤寂蔓延：

湘天风雨破寒初。深沉庭院虚。丽谯吹罢小单于。迢迢清夜徂。

乡梦断，旅魂孤。峥嵘岁又除。衡阳犹有雁传书。郴阳和雁无。

虽然收到了朋友的书信, 但此情此景, 此地此心, 都未能化解心中愁绪丝毫。

后来, 在空寂的郴州旅社, 秦观写下了忧郁至极的《踏莎行·郴州旅舍》:

雾失楼台，月迷津渡。桃源望断无寻处。可堪孤馆闭春寒，杜鹃声里斜阳暮。

驿寄梅花，鱼传尺素。砌成此恨无重数。郴江幸自绕郴山，为谁流下潇湘去。

转眼春去秋来, 几回寒暑更替, 年纪渐长, 人生却越来越迷茫, 怎一个愁字了得。

碧水惊秋，黄云凝暮，败叶零乱空阶。洞房人静，斜月照徘徊。又是重阳近也，几处处，砧杵声催。西窗下，风摇翠竹，疑是故人来。

伤怀！增怅望，新欢易失，往事难猜。问篱边黄菊，知为谁开？谩道愁须殢酒，酒未醒、愁已先回。凭栏久，金波渐转，白露点苍苔。

绍圣四年冬(1097年)，秦观又接到被贬往横州(今广西横县)的诏命。

在横州，秦观经常借酒浇愁，最终只能是愁更愁，自己想不开，从而觉得自己身边的天地也越来越小，“醉乡广大人间小”。

秦观在横州待了大半年，没承想，又被逐到了雷州。可喜的是，和苏轼相隔不远，师生二人正好隔海相望，他们经常互通书信，相互问候。

元符三年五月，秦观迎来了曙光。新帝宋徽宗大赦天下，苏轼和秦观先后被诏告北还。两人历经磨难，久别重逢，秦观情难自已，写下了一首感慨颇深的《江城子·南来飞燕北归鸿》：

南来飞燕北归鸿，偶相逢，惨愁容。绿鬓朱颜重见两衰翁。别后悠悠君莫问，无限事，不言中。

小槽春酒滴珠红，莫匆匆，满金钟。饮散落花流水各西东。后会不知何处是，烟浪远，暮云重。

这一年，秦观五十一岁。在回京都的路上，仍是九月艳阳天，秦观只走到了藤州（今广西藤县）就因中暑去世了。苏轼闻言，痛哭失声。

那位远在潭州的艺妓更是伤心，她一直在等到秦郎归，却等来了他的离去，天人永隔，再无相见时。她悲痛欲绝，穿上丧服，走了几百里，见到了秦观的灵柩，在他棺木旁，泣不成声，最终气绝而亡。

这位艺伎一个人完成了这一场轰轰烈烈、坚贞不渝的爱情。这个为爱而生的女子，终究也追随爱离开了，被后世尊称为"长沙义娼"。

一生风流多情的秦观，凭借着一身才华，收获了如此真挚的爱。而他试图告诉我们的感情之道，两情若是久长时，又岂在朝朝暮暮。时隔千百年，依然如此动人。

很多人害怕分别，殊不知，时间是一份礼物，一份考验两人真心真情的礼物。

多希望，我们之间不惧时间，我会等你，你也会等着我，等再次相见时，我们会告诉对方：离别多年，你还是那个我最牵挂、最想念、最爱以及最想要在一起的人。

秦观

北宋词人

秦观（1049年—1100年），字少游，一字太虚，号淮海居士，江苏高邮人。秦观是北宋文学史上的一位重要作家，在诗词上有较高的成就，被尊为婉约派一代词宗。

秦观在婉约感伤词作的艺术表现方面，展示出独特的审美境界。在意境创造上，秦观的词作擅长描摹清幽冷寂的自然风光，抒发迁客骚人的愤懑和无奈，营造出萧瑟凄厉的“有我之境”。秦观的诗感情深厚，意境悠远，风格独特，在两宋诗坛自成一家。散文以政论、哲理散文、游记、小品文最为出色。其策论文笔犀利，说理透彻，引古征今，富有说服力和感染力。

在秦观现存的所有作品中，词只有三卷一百多首，而诗有十四卷四百三十多首，文则达三十卷共二百五十多篇，诗文相加，其篇幅远远超过词若干倍。

当时

吴文英

与

《风入松·听
风听雨过清明》

（宋）吴文英

风入松·听风听雨过清明

听风听雨过清明，
愁草瘗花铭。
楼前绿暗分携路，
一丝柳，一寸柔情。
料峭春寒中酒，
交加晓梦啼莺。
西园日日扫林亭，
依旧赏新晴。
黄蜂频扑秋千索，
有当时、纤手香凝。
惆怅双鸳不到，
幽阶一夜苔生。

有情人

江南烟雨，一叶孤舟。

明日是清明节，今日是寒食节，传统习俗禁烟火，只吃冷食。在这令人绝望的节日里，一位年过半百的中年文士，孤身站立在西子湖畔，周围是兴高采烈的踏青人群，越是喜欢，越是衬得他眼中满是思念，尽是哀伤。

又是一年断肠日，中年文士不禁又想起那位才貌双全却抑郁而终的歌姬。

思绪回到十年前，回到初次相见的郊游踏青之路，他不过赴了当地一位富商花钱置办的酒宴，原以为意兴阑珊，却被怀抱琵琶的明艳女子吸走了目光。

一曲弹罢，技惊四座。中年文士忍不住拍案叫绝："小姐，弹得真好啊！"

女子颇有礼貌，起身作揖："谢先生谬赞。敢问先生名讳？"

"鄙姓吴，名文英。"

中年文士确是南宋词人吴文英，号梦窗先生，世称"词中李商隐"。听闻此，小女子面露喜色，直直惊叹："啊，我最喜欢的就是梦窗先生的词了。"

"哪一首？"

"我唱给您听。"

小女子兴奋地重回座位，摆弄起琵琶。这一唱，可不了得，吴文英的心从此醉了，四目相对，眼中都是满满的情。待到曲终人散，吴文英忙忙起身，打听这女子，旁人轻描淡写："一名歌姬，近日刚被富商纳为妾。"

顿时，怅然若失，如坠冰窟。

吴文英曾经猜测，是一位歌姬也好，是一位青楼女子也罢，他不在乎，他愿意放弃当下，与相爱之人执手回归无人之野，但若已是他人之妾，纵然有情，又能如何？一切都无能为力了。

时间不能倒流，身份不能更改，女子也明了。

可，你侬我侬，爱要如何克制？女子收起琵琶，眼角含泪，抑制不住自己的爱意，走到吴文英跟前："小女想与先生诗文酬和，不知先生……”

情不知所起，吴文英连连答应：“可以，可以，可以！”

诗文酬和，持续了整整半个月，最令吴文英触动的，是初次见面的当晚，他收到婢女送来的词作，女子娟秀的小楷写在有着清香的锦帕上，不知是齐整的字迹，又或者是醉人的香气，更或者是词中大胆流露的爱慕之情，令吴文英不可自拔，爱火在心中熊熊燃烧。

纸笔传情，缓解不了与日俱增的思念。

一日，吴文英没有收到歌姬递来的诗文，却等到了婢女传达的见面时间和地点，一夜辗转难眠。终于，他紧张地等到了低调而来的歌姬，二人四目相对，执手无言。

南山下，南屏晚钟悠悠传来，歌姬与吴文英坦诚相待，紧紧拥抱，小心试探：“先生，我们能一直在一起吗？”

情迷其中的吴文英频频点头，他希望就这样，与相爱之人相伴终老，但是他也会担心，见不得光的恋情终会被硬生生地斩断。

只是，没想到这一天会来得这么快。

有过第一次见面的欢愉后，歌姬三天两头寻各种由头往外走，渴望与心爱之人腻腻歪歪。富商终于发现了端倪，心生怒气，虽无力惩罚吴文英，却开始折磨起歌姬，先是大门紧闭，再是严刑拷打。

听闻婢女暗地传来的消息，吴文英心如刀割，痛不欲生，只好用自己的离开换来歌姬的一生平安。

即日远走，歌姬被囚禁在闺房内，不能来送行，婢女受之所托送来一首题诗，一见到，吴文英就泣不成声，那是从裙裾上撕下一块，再用鲜血写就的小令啊。

熟悉的字迹，大胆而直白的爱意，令得吴文英立刻也撕下自己的衣襟，也用同样炽热的鲜血回了一首小令，希望歌姬等他回来。

这一走，是整整十年。

十年之中，吴文英在生活中起起伏伏，有过高潮，也经历低谷，却一直未忘记苦等自己的歌姬。直到，他求得了王爷的一封书信，匆匆赶去，希望借着这封书信让地方官从中周旋，让富商休了歌姬，成全自己与歌姬的双宿双栖。

可，正当吴文英满怀希望地赶到时，却听闻歌姬两年前抑郁而亡的消息。十年生死两茫茫，昔日红颜已落入九泉，吴文英不禁痛恨，为何不早归两年？如今，深埋心底的情感，犹如江南烟雨当中点点的船灯，时刻闪在心头；如今，故人已走两年，分别已有十年，可眼前的物物景景，都还是当年的模样，都饱含当年的情愫。

如果时间，真的能让过往都随风，那为何，思念会愈来愈浓？如果借酒，真的能够消除心中的愁绪，那为何，花落人亡的悲伤凄凉时时涌上？眼见之处，家家户户都插着青翠的柳条，马上就是清明节了，该去祭奠一番，洒上一杯酒吧？

可，心爱之人葬在何处呢？

归何处

历史总会记得每个人的生存痕迹，但吴文英偏偏好像被历史遗忘了似的，他就像是一个谜，没有生卒年份的记载，只能依靠旁人的传记，来猜测他将近六十年的人生大概会生活在什么时期。

而在这个时期，最令人记忆深刻的却是这位大才子欠缺的考试运。

吴文英本不姓吴，原姓翁，与南宋词人翁逢龙、翁元龙是兄弟，排行第二，由于家境贫寒，小小年纪就被过继给吴氏后嗣。不知，是因这过继的原因，又或者时运不佳，弟弟逢龙为嘉定十年进士，官至平江通判，而吴文英这一生，考了整整二十年，都未中科举考试。

一次次怀抱着希望，却又一次次对自己失望，整整二十年，终于对永无定数的考试感到疲惫，毅然放下手中的书籍，放弃了步步高升的科举。

科举，可以不考，但生活，必须得继续。

生计当头，吴文英去江南一带的县市的衙署里做幕宾，平日里的工作很轻松，管管钱粮，写写文书，而这也成了他终生的事业。

在这个地方，令吴文英感到十分宽慰的是，才华是令人尊重的，他出口成章、落笔成诗的名气，仰慕者无数。在工作之余，他会与三五文人交游、聚会、赴宴，聊以慰藉，好不自在。

仕途的坎坷，吴文英追求的只是精神上的慰藉，每日最开心的事，就是在美酒佳人的陪伴下，听着歌曲吟唱，与志趣相投之人往来唱和，诗文酬答。自然，也不是每一次的聚会都是惬意的，偶尔也会有掉书袋的，他也不在意，反正在杯酒交错之中，进入耳朵的都是夸耀之词和恭维之语，倒也舒心。

仕途失意，情场得意。出众的才华，让吴文英得到了尊重，更得到了许多爱慕于他的红颜。

不得不承认的是，那大概是吴文英一生当中最快乐的时光，对于年过四十却一事无成的男人而言，如烈火般燃烧的爱慕远远比金榜题名更令人欢喜。

可，情情爱爱是小家子气的思绪，身为南宋子民，虽不能奉献力量，但吴文英仍然心系朝廷。

当时，南宋政权已经岌岌可危。

1162年夏末，宋孝宗主持北伐，但很快失利。过一年，金兵大举南下，宋军损失惨重，双方和谈，签订“隆兴和议”。这一和议后，宋金休战了四十多年，直到韩侂胄北伐失败，宋金又再度议和，重定合约，也就是历史上的“嘉定和议”。南宋以为从此终于迎来了国土的平安，却不知蒙古势力已经在北方兴起，并不断南下攻战，而南宋和金则渐渐衰落了。

时局风雨飘摇，吴文英不能奋起反抗，不能竭力呐喊，只能通过手中的笔，写尽眼前的景物，表达伤今感昔、感怀国事的悠悠愁思。

有一首是在沧浪亭观梅时，由观亭看梅引发缅怀英雄、感时忧国的情怀的《贺新郎·陪履斋先生沧浪看梅》：

乔木生云气。访中兴、英雄陈迹，暗追前事。战舰东风悭借便，梦断神州故里。旋小筑、吴宫闲地。华表月明归夜鹤，叹当时、花竹今如此。枝上露，溅清泪。

遨头小簇行春队。步苍苔、寻幽别墅，问梅开未。重唱梅边新度曲，催发寒梢冻蕊。此心与东君同意。后不如今今非昔，两无言、相对沧浪水。怀此恨，寄残醉。

还有一首是凭吊吴宫古迹，叙述吴越争霸往事，叹古今兴亡之感的《八声甘州·灵岩陪庾幕诸公游》：

渺空烟四远，是何年、青天坠长星。幻苍崖云树，名娃金屋，残霸宫城。箭径酸风射眼，腻水染花腥。时靸双鸳响，廊叶秋声。

宫里吴王沉醉，倩五湖倦客，独钓醒醒。问苍波无语，华发奈山青。水涵空、阑干高处，送乱鸦斜日落渔汀。连呼酒、上琴台去，秋与云平。

山河破碎，身世飘摇，情不知处。

上心头

局势如此，个性使然，吴文英的一生，没有任何重大的政治活动，虽游历各地，但范围一般局限于江苏、浙江一带，而苏州则是他一生客居时间最长的地方。

与歌姬有关的记忆，始终都在心头，但生活终究要继续，在苏州做幕僚的日子，吴文英也娶了妻，但彼此相敬如宾，未曾有过心动。可，苏州是吴文英一生当中最眷恋的地方，也许是爱而不得，最难令人放下。

在风景秀丽的苏州，吴文英平平淡淡地生活着，直到邂逅了当地的一位女子，日子从此被掀起了另一番浪潮。

女子姓字名谁，历史已无可考证，暂且称为“苏姬”。吴文英与苏姬，二人在茫茫人海一见钟情，两情相悦，但吴文英已娶妻，只能纳为侍妾。名分的低下，并不影响二人的感情，彼此相守整整十年。

那大概是吴文英生命当中最温暖的十年吧。

吴文英日益年迈而有志不得，苏姬并不介意，她说，当下朝廷的局势并不乐观，身在南宋，面对金和蒙古大军的陆续进攻，能否保全自身就是很大的难题，如此，倒不如老老实实有一份工作。况且，每个人都有自己的命运，是仕途，抑或是平民，自有定数。

生活的片片刻刻，都是肉眼可见可感的甜蜜，可这甜蜜在这十年间有多美好，在破碎的瞬间就有多令人不知所措，而比之与歌姬那段短暂的生离死别更为残酷的是，在十年幸福的每一个时刻，吴文英幻想的都是未来的美好蓝图，是膝下儿女成群，是夫妻相濡以沫，却从不曾想过，日子会往另一个方向骤然向下。

转折发生在吴文英幕府卸任的第二年清明节前后，苏姬突然离开了他，毅然而决绝。为什么选择离开，吴文英不得而知，苏姬死死地守住口，一言不发。吴文英震撼，伤心欲绝，苦苦哀求，但苏姬不为所动。

吴文英不能接受事实，带着孩子一直追随苏姬，希望用血浓于水的母子之情打动她，挽回这段破碎的感情，但苏姬摇头，去意已决。之前所有的努力都枉然，成为一去不返的春江水，吴文英黯然神伤，悲泣万分。

自古清明多断肠，吴文英的心在一个清冷孤苦的节日里，愈发神伤，以至于每年的清明节前后，他都要写下悲伤的诗词，以寄托对苏姬的无限思念，流传已久的《风入松·听风听雨过清明》就是如此。

听风听雨过清明，愁草瘗花铭。楼前绿暗分携路，一丝柳、一寸柔情。料峭春寒中酒，交加晓梦啼莺。

西园日日扫林亭，依旧赏新晴。黄蜂频扑秋千索，有当时、纤手香凝。惆怅双鸳不到，幽阶一夜苔生。

清明节立在暮春时节，天气回暖，可雨水却越来越多。雨肆意地下，斗志昂扬生长的花朵被摧残得不尽模样，“零落成泥碾作尘”。“花”哪里只是被摧残的花？更是心中思念的苏姬呀！

一边是风雨交加的无情，一边是伤心欲绝的感伤。

犹记得，分手时立于一楼前，在早春时节满满绽放的鲜花，已经被风雨吹打得所剩无几，只剩下一片坚强的绿荫，可即使是这浓绿的柳丝，全都寄托着怀念的柔情哪！浓烈的相思与愁绪涌上心头，这份伤怀，这份愁绪，难以排解，只能捧起一壶酒，一醉方休！

酒不醉人，人自醉，醉了入梦。梦里，与苏姬又携手相伴，往日温馨又重新浮现在眼前，但美好转瞬即逝，梦马上就被清晨黄莺的鸣叫声惊破了。

愁之深，思之切，情之痴，令人愁肠百结。

西园还在吗？吴文英曾与苏姬居住在西园，角角落落都留下了相爱的足迹，当年一起赏花望月，一起浅斟低唱，一起欢声笑语，处处幸福。苏姬离去后，吴文英依旧将西园保留着回忆里的模样，仿佛与之前并没有什么不同，日日打扫着亭前的落花，欣赏着新晴的美景。

越是重复着过去的活动，落寞和哀愁越是难以排解。

在花香醉人的西园一角，静静地垂着一座秋千，黄色的蜜蜂三番五次扑向垂挂秋千的绳索，吴文英怅然若失地站在秋千的前面，时间好像倒流回到了过去。记得也是在清明节前后，苏姬悠闲地荡着秋千，不知道是不是当时的蜜蜂，也像这般围着秋千转。悠悠传入鼻头的是一股熟悉的清香，是时过境迁的秋千残留着身体的余香，惹得蜜蜂一如既往地流连，还是由心底涌上的思念，把深存记忆的场景一一重现？

痴绝如词，痴情如人。可是，情再深，情再痴，苏姬终是一去不再复返了。当时，执手踏遍的西园里的处处，亭台也好，花径也好，幽阶也罢，缺了一双绣着鸳鸯的鞋子，就再也无法寻觅到苏姬的足迹了，留下的只有爬满苔藓的台阶。

往事一闪，思念不绝。

寄相思

细读《风入松·听风听雨过清明》，不难读到吴文英肠断的愁绪，但也仿佛看到了一幅绝美的画面：

暮春时节，西园里一派美景，烟柳低垂，落英缤纷，秋千静挂，一位容颜清丽、笑靥明媚的女子。女子穿着一袭白衣，坐在秋千上轻轻地来回荡，而身体的淡淡幽香，引来蜜蜂绕着秋千翩翩起舞。

这是多么令人神往的春日风景啊。

而另一首追念往事，情不能已的《莺啼序·残寒正欺病酒》却是字字句句令人感怀。

残寒正欺病酒，掩沈香绣户。燕来晚、飞入西城，似说春事迟暮。画船载、清明过却，晴烟冉冉吴宫树。念羁情、游荡随风，化为轻絮。

十载西湖，傍柳系马，趁娇尘软雾。溯红渐、招入仙溪，锦儿偷寄幽素。倚银屏、春宽梦窄，断红湿、歌纨金缕。暝堤空，轻把斜阳，总还鸥鹭。

幽兰旋老，杜若还生，水乡尚寄旅。别后访、六桥无信，事往花委，瘗玉埋香，几番风雨。长波妒盼，遥山羞黛，渔灯分影春江宿，记当时、短楫桃根渡。青楼仿佛。临分败壁题诗，泪墨惨淡尘土。

危亭望极，草色天涯，叹鬓侵半苎。暗点检，离痕欢唾，尚染鲛绡，亸凤迷归，破鸾慵舞。殷勤待写，书中长恨，蓝霞辽海沈过雁，漫相思、弹入哀筝柱。伤心千里江南，怨曲重招，断魂在否。

又是令人悲伤的清明节过后，吴文英乘坐着画船在西湖中漫游，远处刚下过雨的山峰被缭绕的烟雾笼罩着，浓浓的绿树立在江边，好一派暮春之景。

回想起出行之前，独坐庭院，酒意当头，独自郁闷，而春日的余寒趁着酒意钻入身体。人冷，心也冷，回到房内，关上门窗，燃起沉香，燕子忽而飞进住处，呢喃细语，春天马上要结束了。

画船在湖上慢慢地漂，回忆在吴文英的心头慢慢地起，他想到，他曾经在苏州停留许久，度过了十余个幸福的年头，但欢乐短暂，痛苦延长，过往追寻湖上柔媚的风光，纵情游赏秀美的西湖的风光终是一去不复返了。

回想当年的交往，虽是一见钟情，两情相悦，却并非一帆风顺，而其中的些许阻隔，才让这份感情显得更为珍贵。

吴文英的思绪一发，再也止不住，频频伤感：夕阳西下后，游人归家，热闹的堤岸回归平静，西湖的秀丽风光都给了沙鸥白鹭。

岁月匆匆流逝，转眼见，人已老去。

分别之后，吴文英并没有放弃，而是三番五次地寻访，寻访曾经去过的地方，却始终得不到苏姬的消息。在吴文英的世界中，苏姬是一朵鲜艳的花，无论风吹雨打，无论季节变迁，始终艳丽如初，这是希冀。真正的花，绽放不久必然面临枯萎，而无情风雨的苦苦摧残，必将鲜花“零落成泥”。

清澈的流水，苍翠葱郁的远山，远不如苏姬的眉眼。可惜的是，人已去，眉眼无处可寻。多少年来，缠绕在吴文英心头的始终是当年苏姬决绝离开的场景，苏姬留下远走的背影，而他在墙壁上题写的诀别诗句，风吹日晒过后，字迹惨淡，看不清了。

吴文英登高遥望，芳草如茵，而自己已经白了头，景年年翻新，而人却日益苍老。无数想对苏姬说的话，是一封一封写在心间的书信，是恨意，是怀念，却少了传递情愫的鸿雁，那这徒然的相思，只能一点一点走进江南处处的风景之中。

时过境迁，事过境迁，唯思念如初。

吴文英

南宋词人

吴文英(约1200年～1260年),字君特,号梦窗,又号觉翁,四明(今浙江宁波)人。本姓翁,后入继吴氏。

他一生未第,游幕终身,以苏州为中心,北上到过淮安、镇江,苏杭道中又历经吴江垂虹亭、无锡惠山,及茹霅二溪。晚年为荣王门客。

虽然一生为布衣,但结交的都是当时的显贵。懂音律,能够自己度曲,词作享有很高的声誉。有《梦窗词》一部,存词三百四十余首,分四卷本与一卷本。其词作数量丰沃,风格雅致,多为酬答、伤时与忆悼之作,号"词中李商隐"。

泪妆

苏轼

与

《江城子·乙卯

正月二十日夜记梦》

〔宋〕苏轼

江城子·乙卯正月二十日夜记梦

十年生死两茫茫，
不思量，自难忘。
千里孤坟，无处话凄凉。
纵使相逢应不识，
尘满面，鬓如霜。
夜来幽梦忽还乡，
小轩窗，正梳妆。
相顾无言，惟有泪千行。
料得年年肠断处，
明月夜，短松冈。

小轩窗

犹记得，少年求学时期，有人问自己数学题目，我瞄了两眼，题目甚是简单，实在无耐心细细讲解，因而直白地答复道，你能问一个深奥点的问题吗？结果，对方点点头，极其认真地问道：爱是什么？

情窦初开时，我曾想过我想要的爱大概要如《神雕侠侣》中杨过和小龙女那般，“一生一世一双人”，一生只和一人相爱相守，往后再有多好的，我都不要。那时，心中也有一个执拗的想法：一辈子应该只爱一个人。

稍大些后知道，这样的想法终究太童话了，世间很难有武侠古装里的深爱和执着，或许也有，只是我可能遇不到。

后来，我也为分开后各自幸福的爱而感动，最动容的可能是在电影《泰坦尼克号》里。沉船之时，杰克安慰心灰意冷的罗丝，说，你会脱险，你会活下去，会有一个爱你的丈夫，会生一堆小孩，然后看着他们长大。而后，罗丝得救，而他自己独自在冰冷的海水里慢慢睡去。得救后的罗丝如杰克所言那般，脱险，活下去，有一个爱自己的丈夫，看着孩子长大，度过了自己的一生，她的一生都很快乐而轰烈，因为她的生命是属于他们两个人的，她快乐了，他才能快乐。世间虽再无杰克，但杰克永远鲜活地活在她的记忆里。

两个人相爱，不正是希望对方好好的吗？怎么舍得让对方怀抱着对自己无尽的想念和沉重的悲痛茕茕孑立终生？

罗丝以及那些在爱人离开后，再和他人相爱的人，不是薄情，相反，他们才是会爱、懂爱并且心里有爱的人儿啊。当下，有太多人处理不好情情爱爱的问题，爱一个人时三心二意，莺莺燕燕无数，东窗事发后，只能撕破脸，死生不复相见，活生生把最初的深爱都演变成了怨恨。

爱一个人不应该那么自私，即使在自己离开世界后，还期盼着对方始终爱自己，深情不移。爱不是占有，不是画地为牢，爱是让留下来的人再去拥抱幸福生活，带着离去爱人的那一份热情，好好过余生。

后来，我想，如果有一天我离开了，我希望我深爱的人还能再找到一个爱人，幸福生活。这般我在长大后才懂得的深情，原来早就在写下过一首首脍炙人口的诗词的词人苏东坡身上上演着。

有三位女子点缀了这位大才子的一生，一位是他事业的贤内助，一位是他家庭生活的贤妻良母，还有一位是才华横溢的红颜知己，她们陪伴着他度过了人生中一次又一次贬谪落寞之时。他深深地爱着她们，在这三人之外，再不曾有人打开过他的心锁。

有人说，王朝云是苏东坡一生的最爱，因为她最懂他，他们灵犀互通。王朝云纯真、清澈，犹如一汪清泉，这对于一生历经坎坷又处于不惑之年的苏轼而言，实在太珍贵了。但见新人笑，哪闻旧人哭？一位佳人离开，另外一位佳人会走来，王闰之也好，王朝云也罢，兜兜转转，我还是会想起那位十六岁就嫁给他的王弗。

苏东坡和王弗是少年夫妻，她嫁给他那年，才十六岁，他也不过十八岁。虽是父母之命，媒妁之约，二人却恩爱情深。可惜天命无常，她二十七岁就殂谢了，病逝于京师。

乙卯年，苏东坡年方四十，被贬至密州（今山东诸城）知州，穷乡僻壤之地，正经历着“蝗旱相仍，盗贼渐炽”的劫难。元宵佳节过后，热闹归于寂静，一个人的内心显得更寥落，未来不可期，唯有往事可忆。正月二十日这晚，他梦了整整一夜，梦带他回到了意气风发、踌躇满志的少年时，梦带他重新遇见了自己的爱妻。醒来后，他提笔写下《江城子·乙卯正月二十日夜记梦》。

十年生死两茫茫，不思量，自难忘。千里孤坟，无处话凄凉。纵使相逢应不识，尘满面，鬓如霜。

夜来幽梦忽还乡，小轩窗，正梳妆。相顾无言，惟有泪千行。料得年年肠断处，明月夜，短松冈。

这首词被称为千古第一悼亡词，苏轼在悼念自己的第一任妻子王弗。

这一年，王弗已经离开他十年了。他们曾携手走过人生最好的十年，如今幽明两隔又是十年。十年前，情深甚笃，在多少个明月夜里，两人卿卿我我，共诉衷肠，恩爱两不疑；十年后，阴阳相隔，皎洁明月夜下，同看明月的人已经不在了，而往事种种，依如昨日那般清晰，一幕幕在眼前回放。

曾听过一句话："男人是多情而深情，女人是长情而绝情。"苏东坡一生情重，他是既深情又长情的男人哪。十年来，他历经世事沧桑，在宦海浮浮沉沉，而内心的压抑、悲愤，可与何人说？她离开十年了，蓦然回首，新人在旁，但他还是会情不自禁地想念她。

该有多深的思念，才能让一个人出现在自己的梦里呢？当初爱得深沉，如今思念成灾，终于在梦里相见了：她还是那么年轻貌美——“小轩窗，正梳妆”；而他历经了不少风霜——“尘满面，鬓如霜”。

“荏苒冬春谢，寒暑忽流易”，时间无情，世事无常，但这份深情永不改，不管何时相见，他都可以唤她一声“爱妻”。

一斛珠

有人说，爱之于我，不是一蔬一饭，也不是一肌一肤，而是平凡时的英雄梦想。无法预估何时会与爱相逢，爱似乎总是静悄悄地来，在无声无息、不可捉摸间，有缘的人终将相逢。

宋仁宗至和元年，苏轼年近二十，听从了家里的安排，迎娶了当地进士之女王弗。这桩婚事出自于父母的考虑，他们担心儿子来日金榜题名，如果还未婚，就会娶外地女子为妻。

北宋年间有惯例，京都未婚的富商之女都会由父母提亲嫁给喜获功名的未婚举人，别人都盼着娶一富商千金，但苏洵夫妇觉得不妥，千挑细选后，王弗成了苏轼的妻。在史料中找出蛛丝马迹，苏轼和王弗其实早有姻缘，苏轼在书院读书时，是王弗的父亲王方执教。苏轼聪明好学，才华出众，王方十分喜爱。

读书之余，苏轼等文人学士常常会到书院旁的岩穴旁，看一泓清水自流而下，在“拊掌三声”后，一群鱼潇洒地窜出，好不美丽。苏轼看得呆了，惊呼：“美景当有美名啊！”王方点头，请在场的文人学士赐名，一个接着一个的名字，怎么都不好听，一旁的苏轼大笔一挥，写下“唤鱼池”，众人拍手叫绝。

此时，王弗在听闻父亲为岩穴征名，派丫鬟送来了提名，“唤鱼池”三字在红纸上跃然而出。这一对不谋而合，韵成双璧的佳人哪！

后来，王方请人做媒，有将王弗许配给苏轼之意。

在此之前，苏轼和王弗有没有相见过？不得而知。古时的爱情大都如此，父母之命，媒妁之言，哪由得自己做主。结婚前，两人皆不识，新婚当夜，男子掀开女子红盖头，即是相认。互不相识的两个人，自洞房之夜后便连理与共，侍奉双亲，生儿育女。

从古至今的很多婚姻，都是如此，两小夫妻都遵从着，不过，他们真的幸福吗？当然，有人“貌合神离”“老使我怨”“悲愤交加”，自也有人恩爱有加、耳鬓厮磨、形影不离、难分难舍。苏轼和王弗属于后者，相爱相守，从不曾争吵。

婚后的生活如何，在苏轼的《亡妻王氏墓志铭》里可查一二，他写道：“其始，未尝自言其知书也。见轼读书，则终日不去，亦不知其能通也。其后轼有所忘，君辄能记之。问其他书，则皆略知之。由是始知其敏而静也。”

王弗出身于书香门第，但并不以诗词自矜，知书达理，聪慧低调，安静地陪伴在夫君左右，不失为读书的良伴。有妻如此，夫复何求？

我不禁沉醉于想象他们相处的画面之中。

一间墨香四溢的书房里，书架上整齐地摆放着一摞一摞的藏书和记作，苏轼在书桌旁醉心读书，王弗静待一旁研墨。书读得累了，苏轼放下书，深情地看向爱妻。王弗察觉到浓烈的目光，迎上，嘴角浮现浅浅的微笑，而后端来一盏茶水，看他饮下。偶尔，对于那些苏轼遗忘的书籍文章，王弗还会善意提醒。

就这样，一日复一日的日常，在彼此寸步不离的生活中熠熠生辉。

嘉祐元年，结婚才两年的苏轼与父亲苏洵、弟弟苏辙三人一同进京赶考，从蜀地一路舟车劳顿，到达洛阳。

若不是为了一个仕途可期的将来，又怎忍和娇妻分离？离家千里，只能遥寄相思。

洛阳正值暮春三月，鸟语花香，草长莺飞，垂杨生绿，参差摇曳。二十岁的苏轼望着美景，思念远在蜀地眉州的爱妻，当即写了《一斛珠·洛城春晚》。

洛城春晚。垂杨乱掩红楼半。小池轻浪纹如篆。烛下花前，曾醉离歌宴。

自惜风流云雨散。关山有限情无限。待君重见寻芳伴。为说相思，目断西楼燕。

纵然关山峻岭阻隔了彼此的相见，但距离永远无法阻断彼此的爱和思念。等到再见时，再烛下花前，浪漫相守。

嘉祐二年，苏轼进士及第，二十出头便名满天下。欧阳修欣赏苏轼的才华思想和魄力胸怀，评价其"此人可谓善读书、善用书，他日文章必独步天下"，"汝记吾言，三十年后，世上人更不道著我也"。

年华正盛的苏轼凭着满腔的才华和抱负，渴望在他日能在朝堂大展宏图志向。待到飞黄腾达之时，佳人在侧，人生何求？只是，他日之事，又有谁人能预料呢？是太阳先升起，还是无常先至？

两茫茫

嘉祐六年，苏轼被任命为凤翔府判官，这个称为"京察"的职位是一个基层过渡的岗位，任期四年。任职期间，苏轼醉心诗词，不问世间险恶。

《亡妻王氏墓志铭》中有这样一则故事："轼与客言于外，君立屏间听之，退必反覆其言曰：'某人也，言辄持两端，惟子意之所向，子何用与是人言？'有来求与轼亲厚甚者，君曰：'恐不能久。其与人锐，其去人必速。'已而果然。"

由此可见，苏轼在交友上，竟不如王弗识人辨人之出众。

出众不过其一。王弗还善解人意，懂得成全才华横溢的丈夫的颜面，知其敏而静；还勤劳贤惠，苏轼离家时，她侍奉舅姑"以谨肃闻"；还精明聪慧，识遍家中客人，苏轼不懂的人情世故，她都软语相劝。

更重要的是，眼前爱妻，不离不弃。他读书时，她相伴左右；他赶考时，她打理家里事务；他为官时，她是提点一二的军师。夫妻生活琴瑟在御，莫不静好。这样一个她，苏轼也珍之、爱之，怜取眼前人。

然而，祸福无常，宋英宗治平二年，苏轼升官如愿还朝，但王弗却永远离开了他。

王弗的去世对苏轼造成了很大的打击，他顿觉自己成了被世间遗弃的孤儿，"余永无所依佑"。嫁到苏家，王弗对苏轼以及苏轼家人的照顾，无微不至。在她去世后，苏洵对儿子说："妇从汝于艰难，不可忘也。他日汝必葬诸其姑之侧。"王弗一生与苏轼共荣辱,糟糠之妻不可弃,即便父亲不叮嘱,苏轼也断不会忘。

苏轼在王弗坟前为她烧香,写了一首《翻香令·金炉犹暖麝煤残》悼念她。

金炉犹暖麝煤残。惜香更把宝钗翻。重闻处,馀熏在,这一番、气味胜从前。

背人偷盖小蓬山。更将沈水暗同然。且图得,氤氲久,为情深、嫌怕断头烟。

为何翻香呢?原来王弗生前爱惜熏香,曾经翻动"宝钗"寻找残留的余香。走过爱妻曾经烧香之地,香气犹存,而斯人已逝。苏轼知其喜好,偷偷盖起了一座小蓬山模样的香炉,希望香气能在她的灵柩旁留存得更久一些。

不仅如此,苏轼信了"断头烟"的说法,在王弗的坟前,一直等到香燃烧完后才郁郁离去,生怕它会提早熄灭,从而酿成来世亲人离散的果报。

"嫌怕断头烟",一个豪放不羁的旷世男儿竟然害怕了,默默期盼着能与王弗有来世福报,一个飒爽男儿的柔软深情可见一斑。

次年，父亲苏洵也病故了。

苏轼含泪送父亲和妻子的灵柩回了故里，守了整整三年。这三年，苏轼没有作诗填词，而是在家乡的山上种了数千棵松树。

后世有很多人传颂过归有光家的枇杷，“庭有枇杷树，吾妻死之年所手植也，今已亭亭如盖矣。”这棵枇杷树印证着一个丈夫的深情。可惜，鲜少有人知苏轼家后山的数千棵松树，同样是一腔深情的印证，松树万古长青，这一份爱也不会被时光消磨。

如果可以，每个人都希望能够与心爱之人白头不相离，可惜世事无常，只能在人生的中途挥手告别，从此生死两茫茫，不思量，自难忘。唯有梦里再相望。

任平生

有人说，在纯洁如初的岁月里，如果有那么一个人曾经闯进你的生命，而后即便千帆过尽，那个最早闯入的人，会在你的心中根深蒂固，痴缠如藤蔓，无人可以取代。

自死别后，苏轼牵挂了王弗一生。“余永无所依佑”“重闻处，馀熏在，这一番、气味胜从前”“不思量，自难忘”……这都是在哭她。字里行间，道不尽思念。世间最痛苦的事莫过于此，与所爱之人生死相隔，不能见，不能说。留活在世的那个人注定要承受日日夜夜的想念。

逝者已矣，生者如斯夫。情到深处，也不能自残、自伤、自我了断。留活在世的人唯有好好过余生，将来才能在天上相见时，告诉她，分别的这些年，我很好，孩子也很好。

王弗去世第四年，苏轼迎娶了第二位夫人——王闰之。王闰之是王弗的堂妹，在嫁给苏轼前，她没有名字，人称“二十七娘”，苏轼据她的出生年月为她取了名。王闰之自幼仰慕、崇拜姐夫，在堂姐病故后，她自愿嫁给他，不觉委屈。

苏轼没错，王闰之也是不错的女子，性子温顺贤惠，不负苏轼，也不负去世的堂姐。《苏轼文卷》中曾称赞她：“妇职既修，母仪甚敦，三字如一，爱出于天。”

她把所有的爱都给了苏轼和孩子，陪伴了苏轼二十五年。这二十五年，苏轼历经宦海沉浮，风雨飘摇，颠沛动荡，她毫无怨言，紧随其后。

苏轼写《江城子·乙卯正月二十日夜记梦》那一年是他与王闰之结婚的第六年。王闰之肯定也是知道的，但她没有嫉恨，也没有埋怨，她知道堂姐在苏轼心中的位置，也知道自己在他心中的位置，都是无可替代，因而也无须计较，这才是成熟的情感依恋。爱有很多种，一个人想念离开的人，是一份长情，如果他不想不念，实则是绝情。

在东坡又一次被黜后，她病故于京师。此后，苏轼未再娶，只留王朝云服侍终老。

世人都觉得王朝云和苏轼心有灵犀，惺惺相惜，爱得更深。于我看来，不过尔尔。

王朝云也姓王，这不是巧合。她自幼沦落风尘，不知父母是谁，也没有自己的姓氏，来到苏轼身边后，苏轼以夫人之姓赐之。从此，她便叫王朝云了。

苏轼一生爱了三个女人，爱得不够专一，但爱得足够深。每个女人都先他一步离去，他一一把她们送走，最后在时光深处不时念想，幸而留下来的是他，一个乐天洒脱的词人，一生落寞愁闷，他都能"一蓑烟雨任平生""归去，也无风雨也无晴"。

如果不能一生一世相守一人，像苏轼一样去轰轰烈烈爱一场也无不可。不要苛求太过完美的爱，只要相爱时彼此不负，分开时也能坦诚怀念。

苏轼

北宋词人

苏轼(1037年—1101年),字子瞻,号东坡居士,眉州眉山(今属四川)人。北宋著名文学家、书法家、画家,世称“苏东坡”“苏仙”。

苏轼是宋代文学最高成就的代表,并在诗、词、散文、书、画等方面取得了很高的成就。所作诗文清新畅达,善用夸张比喻,独具风格,与黄庭坚并称“苏黄”;作词豪放,开拓内容,突破绮靡词风,与辛弃疾同是豪放派代表,并称“苏辛”;其散文著述宏富,豪放自如,与欧阳修并称“欧苏”,为“唐宋八大家”之一;苏轼亦善书,为“宋四家”之一;工于画,尤擅墨竹、怪石、枯木等。

有《东坡七集》《东坡志林》《东坡乐府》《仇池笔记》《论语说》等传世。

葬心

元稹

与

《离思五首·其四》

〔唐〕元稹

离思五首·其四

曾经沧海难为水，
除却巫山不是云。
取次花丛懒回顾，
半缘修道半缘君。

一点甜

参加过很多次朋友的婚礼，印象最深刻的是有一场在一片绿茵草地上举办的婚礼。

在宣誓之前，新郎拿过话筒，紧紧握住新娘的手，问：“你对我们未来的生活最大的期待是什么？”新娘认真地思索了许久，而后眼含热泪，郑重地回答：“望与你同甘共苦。”坐在一旁的我不住地点头，这也是我能够想象到的最好的有关未来的婚姻面貌了：在幸福来临时，两人携手共赴红尘之约；在灾难到来之际，两人紧紧相拥共渡难关。

音乐在耳畔响起，新娘在新郎的牵引下走向神圣的未来，热泪盈眶之余，我不禁陷入了沉思，之前新闻里桩桩件件曝之以大众视线里的离婚案历历在目，甚至身边的朋友也有不少在结婚后因为种种细节闹得不可开交，最终反目成仇。究其根本，似乎，“同甘”与“共苦”是两种永远无法同时实现的状态。

同甘，是在幸福的氛围中，无须付出良多，所以很容易实现；而共苦，却需要身处其中的人付出全身心的力气以对抗来自外界的折磨和内心的不断受挫。人啊，有时候在经历了美好的境遇后，或许就再难有能力抵抗源源不断的苦楚。

多唏嘘，多感慨。

韦丛嫁给元稹，究竟是同甘，还是共苦，似乎并不能轻易下定论。在世俗的眼光中，他们是一对苦鸳鸯，是一对苦命夫妻，但在他们的心中，或许是苦中作乐吧。我唯一能够确定的是，这桩婚事是元稹在青年时期尝到的最甜的一颗糖。

少年时期的元稹尝尽了苦，尽管从元稹的家族历史看，这像是一个蹩脚的谎言。元稹家族世代为官，祖祖辈辈在政治场上有着不错的发展。五代祖元弘，乃隋北平太守；四代祖元义端，乃唐魏州刺史；曾祖元延景，乃岐州参军；祖父元悱，乃南顿县丞；父亲元宽，乃比部郎中、舒王府长史。再从久远的历史看，元稹是北魏宗室鲜卑族拓跋部后裔，什翼犍之十四世孙，显得尤为尊贵。

家族愈是光鲜亮丽，在遭遇到灾难时，或许会遭受到更多的不知所措。

元稹的父亲元宽因病去世，让原本繁荣的政治家族瞬间陷入不知前路的贫穷境遇之中。

贫穷的前路已经展开，唯有走上前，才知道路的尽头是否会苦尽甘来。

出身于书香门第的母亲郑氏，决心用自己的柔弱肩膀担起一家的生计，基本的衣食开支已经消耗了她大部分的精力，元稹上学的负担更是让她苦上加苦。幸好的是，元稹天资聪明，也十分争气，不负母亲殷切的期望，十五岁时参加朝廷举办的明经科考试及第。

参加考试的初衷，是为了摆脱当下的清贫。父亲过世后家庭囿于贫困，母亲时时刻刻为了生活奔波而起早贪黑，元稹在真切地经历了许多苦楚后，内心渴望拥有一种全新的生活。

我常常觉得，人即便通过自己的努力获得了想要的人生，内心却始终会缺少一份自信，外在的名与利始终不能填充那份空荡的情愫，但一个深爱自己的人却能竭尽全力地用爱填补这块空白，且自此不可撼动。

韦丛是填补元稹的空白的人。

在漫天是苦的生活里，韦丛更是不可多得的一点甜。毕竟，站在历史的角度上仔细考究，韦丛嫁给元稹，其实是一件几乎不可能实现的事。元稹的清贫众所周知，虽然两经擢第，但仕途并不顺畅，而韦丛出身高门，其父韦夏卿乃京兆尹，后任太子少保。京兆尹的官职，相当于现在某个直辖市的市长，而太子少保虽然没有实际的管辖范围，却代表着崇高的身份和地位。

这一场“女强男弱”的婚姻在一开始有着很大的政治成分，幸好的是，韦丛虽出身富贵，却不贪慕虚荣，而且贤惠端庄、通晓诗文。更重要的是韦夏卿很欣赏元稹的才华，相信他未来会有大好前程，一心把小女儿韦丛许配给他。

终于，元稹尝到了生活中的一点甜，是否苦尽甘来，尚且不知，但当下快乐才是最重要的事。

几番苦

甜，是元稹生活中的瞬间；而苦，才是元稹仕途中的主旋律。聪慧的天资似乎并不能救他于水火。

在唐代的科举制度中，相比而言，进士科“大抵千人得第者百一二”，而明经科“倍之，得第者使一二”，这才有“三十老明经，五十少进士”之说。但由于难易程度不同，唐代文人更看重的是进士科，及第之初的元稹一直无官可做，闲居于京城。

若一直赋闲，或许倒也是一种安然，大抵只会空吟几句“壮志未酬”的抱怨，然而，天不遂人愿，元稹在官场接连“四贬”，吃尽苦头。

贞元十五年，元稹初仕于河中府。而正在这时，驻河中府的军队骚乱，蒲州陷入慌乱，远亲处于危难之中，元稹竭尽全力，借助友人的帮助，终于使得远亲安定。骚乱平定后，元稹回到京城，牵于功名，参加了应试考试。

贞元十八年，他再次参加吏部考试，但不幸落榜，也是在这一年，二十岁的韦丛下嫁元稹。

贞元十九年，登书判拔萃科，入秘书省任校书郎。这是功名之路的开始，但其实也是仕途的最高峰，至此之后，元稹像是坐上了滑滑梯，一路跌落。

唐宪宗元和元年，元稹二十八岁，参加了朝廷考试，排名第一，被任命为左拾遗。政治仕途的曙光才刚刚显露，元稹一入职就接二连三地上疏献表。黑暗掩盖不住光芒，元稹论“教本”，论“谏职”，论“迁庙”，甚至论到西北边事等大政，成功引起了宪宗的注意，很快受到了召见。

只是，光芒的确闪亮，却也会刺眼。因锋芒太露，奉职勤恳的元稹非但没有受到应有的表扬，反而触犯了权贵，引起了宰臣们的不满，九月就被贬为河南县尉。祸不单行，一直竭力支撑家庭的母亲突然去世，元稹悲痛不已，在家守孝三年。

元和四年，元稹被提拔为监察御史，奉命出使剑南东川。时隔多年后又重登官场，元稹意气风发，一心为民，报效国家，大胆劾奏不法官吏，平反冤案，民众对其高度赞誉，十分欢迎，白居易称他是“其心如肺石，动必达穷民，东川八十家，冤愤一言申”。只是，在当时的政治制度下，站在民众的身边等于是触犯了朝中旧官僚阶层及藩镇集团的利益。

很快，元稹被外遣，近乎排挤闲置，处处受压。

元和五年，元稹三十二岁，因弹奏河南尹、开国重臣房玄龄之后房式不法事，被召回罚俸。

途中，经华州敷水驿，他在驿馆的上厅休息，而宦官仇士良、刘士元等人凑巧也在，也要争着住在上厅，元稹据理力争，寸步不让，仇士良等人破口大骂，刘士元上前用马鞭抽打元稹，鞭鞭用力，打得他鲜血直流，遍体鳞伤，最终还被赶出了上厅。回京后，“恶人先告状”，元稹被唐宪宗以“元稹轻树威，失宪臣体”之由，贬为江陵府士曹参军。从此，元稹开始了困顿州郡十余年的贬谪生活。

这一次的流放，起于元稹才华出众，性格豪爽，不能为朝廷所容。

流放近十年，有不甘，有寂寥，有无可奈何。远离朝廷，天远地隔，元稹与命运相当的白居易来往信件，写诗、抒意。那些诗，沿途讽诵，流传到了宫墙之内，里巷之人皆传之诵之。流离、放逐的心境，每每从诗中读来，都能感受到一种凄婉的思绪。

元和十年，元稹三十七岁，一度奉诏回朝，心中暗喜，以为起用有望，意气风发，在途经蓝桥驿时，曾题诗留赠与命运相似的友人刘禹锡、柳宗元。抵达京城后，又与白居易诗酒唱和，突发奇想，收集原先的诗作，编一本《元白还往诗集》，只是书稿未成，元稹、刘禹锡和柳宗元就一同被放逐到远州了。

三月，元稹流落到"哭鸟昼飞人少见，伥魂夜啸虎行多"的通州，出任司马，骤然贬谪，心绪不宁，元稹近乎"垂死老病"，患上疟疾，几乎死去。

官职一路跌，仕途一路远，处境一路低迷，幸好，触底总会反弹，元稹终于迎来了一段短暂的"回涌"。平淮西后，朝廷大赦，旧识崔群、李夷简、裴度相继为相，元稹长期受到压制的处境得到了些许改善。

元和十三年，元稹四十岁了，他代理通州刺史，年末转虢州长史。

元和十四年，元稹被唐宪宗召回京，任膳部员外郎。

元和十五年，因唐穆宗及位，宰相段文昌推荐，元稹出任祠部郎中、知制诰。唐穆宗特别器重于元稹，经常召见他，谈论兵赋和西北边事。几个月过去了，元稹被擢为中书舍人，翰林承旨学士。

官场之中，沉浮向来不定，迅速升迁，看似春风得意，却容易成为出头鸟，陷入复杂的政治斗争旋涡中。不久，因为误会等各种原因，元稹被弹劾，而后被罢承旨学士，官工部侍郎。

这些兜兜转转的命运，仿佛像是永动机，再也没有停歇过。

唐文宗大和三年，元稹入朝为尚书左丞。回想起元稹的每一次入朝，都信心满满，一腔热血，这次也不例外。身居要职的他，又恢复了为谏官时的锐气，决心整顿政府官员，肃清吏治，将郎官中颇遭公众舆论指责的七人贬谪出京。然而，因元稹素无操行，人心不服。这时，宰相王播突然去世，李宗闵正再度当权，元稹又受到排挤。

大和四年，元稹被迫出为检校户部尚书，兼鄂州刺史、御史大夫、武昌军节度使。大和五年七月二十二日，元稹暴病，次日在镇署去世，时年五十三岁，死后追赠尚书右仆射，白居易撰写了墓志铭。

颠簸的政治生涯随着生命的终结而最终走上了终点。官场四贬，每一次其实都是不堪重负的打击吧。元稹在经受这些苦楚时，内心是否会庆幸那个原本应该陪着自己共同经历这几番痛苦的人，已经早早地离开了世界？而“逃避”了灾难灭顶的心酸与苦楚的韦丛，又是否会责怪自己未能陪同心爱的人“共苦”呢？

都好，时光不复，苦亦不复，命运亦不复。

未同甘

韦丛嫁入元家，生活的甘甜几乎不曾尝到几分，这在《遣悲怀·其一》中显露无遗。

谢公最小偏怜女，自嫁黔娄百事乖。
顾我无衣搜荩箧，泥他沽酒拔金钗。
野蔬充膳甘长藿，落叶添薪仰古槐。
今日俸钱过十万，与君营奠复营斋。

结婚过后，夫妻二人的生活褪去恋爱的浪漫，剩下的是漫如长日的平实，浅近地在眼前徐徐展开。

在处处是苦的生活中，韦丛是可爱的。看到元稹的衣服单薄，就翻箱倒柜地在衣箱里找多余的衣料，为丈夫补一补；看到元稹的客人远道而来，就立刻拔下金钗换钱买酒；吃着野菜充饥，却一脸满足地说食物很好吃；每天点火做饭，用落叶与枯枝作薪做炊。

韦丛是近乎万能的。

结婚前，她是大户人家的千金，是集万千宠爱于一身的小女儿，而结婚后，面对"百无一用是书生"，忙着科试的丈夫，面对清贫的家庭环境，她摇身一变，收起娇气，一一包揽家中的家务，无论是生火做饭，还是洗衣买酒，得心应手，全然看不出大户千金的架子。

这大抵完全出乎元稹的意料吧，当时的元稹虽风华正茂，才华横露，但仕途并不得志，日子十分清贫。韦丛的下嫁，看上去像极了一道希望的曙光，他最初或许更多地是想借着这桩婚姻往上爬，不承想却能在婚后恩爱非常。

而正是这一份恩爱，让元稹写了无数的诗怀念妻子。但一共写了多少首，不得而知，但诗中难遣的伤痛，却真真切切。

昔日戏言身后事，今朝都到眼前来。
衣裳已施行看尽，针线犹存未忍开。
尚想旧情怜婢仆，也曾因梦送钱财。
诚知此恨人人有，贫贱夫妻百事哀。

妻子穿过的衣裳，为了不睹物思人，元稹已经快要施舍完了；妻子从前用过的针线盒，元稹一直珍存，不忍心再打开；妻子生前使唤的婢女，元稹看着，也格外怜爱；妻子多次在夜里入梦，元稹不止一次地为她烧纸钱。

多荒唐！多痴情！事事触景伤情，却只能在梦境中相寻。

最后那一句从内心深处发出的感慨“诚知此恨人人有，贫贱夫妻百事哀”，表达了因为物质条件的贫瘠而未能让心爱的人过得更加幸福的遗憾与抱愧。

诗写到这儿，元稹大抵也悲痛难耐了吧。

如此温柔，如此体贴的妻子为何还未尽享人世间的美好，就在二十七岁时匆匆离世。

离世的原因，谁都不知，也许是清贫与操劳，也许是突然的厄运，在经历了七年的“共苦”之后，韦丛匆匆离开了。

又想起了那场草坪上的婚礼，在亲友祝福的环节，话筒传到我的手中。我愣了一会儿，心中反反复复地念叨着元稹，我到底还是羡慕他，因而近乎动情地说：“在当今的物质时代，无论生活多么清苦，却总是想给予对方更多幸福的抱愧之心，恐怕已经很难得了。希望未来的你们，无论经历了什么，都想给予对方更多。”

心上人

爱这件事，是有时间限度的，同甘共苦亦然。元稹爱韦丛，有目共睹，但这份爱持久吗？他之后不也爱了别人吗？只是，心怀幻想的人，会相信曾经的温存，不可自拔，就像每次读《离思五首·其四》时，总会不自觉地深陷到那份悲痛之中。

曾经沧海难为水，除却巫山不是云。

取次花丛懒回顾，半缘修道半缘君。

因为曾经领略过苍茫的无比深广的大海，所以就觉得别处的水相形见绌；因为曾经领略过巫山的云霭，所以就觉得别处的云黯然失色。即便此刻的自己身处在万花丛中，我也懒得回头，或许是因为在修道，或许是因为我的心中只有你。

一句两句，只字未提心上人，却将对心上人的深深爱恋表达得淋漓尽致。从表面上看，是说自己在经历过“沧海”与“巫山”后，就很难看上别处的水和云了，毕竟“沧海”与“巫山”，是大好世界里最大最美的形象。事实上，引以为喻是在讲述自己与妻子之间的感情就像是沧海的水，巫山的云，其中的美好在世界上是无与伦比的。

“难为水”“不是云”“除了你，我再也不会爱上别的女子了”，仔细推敲，是元稹对妻子的偏爱。直白而言，其实更像是一句腻歪的甜言蜜语，但不得不承认的是，这样的感情是不会再有了。

爱是一件不可捉摸的事，我并不知道那对在草地上结婚并发誓同甘共苦的朋友，倘若有一天，生活的甘与苦都来了，他们是否会始终不忘自己的诺言，互相陪伴走到苍老？我真的不知道，就像元稹在诗里说再也没有能够使自己心动的女子，可他也依旧再爱了。

当然，爱是一件只在当时的事，曾经不重要，未来也不重要，当下爱，当下快乐，就好。

元稹

唐朝词人

元稹(779年—831年),字微之,河南府东都洛阳(今河南洛阳)人,唐朝著名诗人、文学家。

元稹聪明机智过人,少时即有才名,与白居易同科及第,并结为终生诗友,二人共同倡导新乐府运动,世称“元白”,诗作号为“元和体”。但是元稹在政治上并不得意,虽然一度官至宰相,却在觊觎相位的李逢吉的策划下被贬往外地。晚年官至武昌节度使等职。死后追赠尚书右仆射。

元稹的创作,以诗成就最大。其诗辞言浅意哀,极为扣人心扉,动人肺腑。代表作有传奇《莺莺传》《菊花》《离思五首》《遣悲怀三首》等。现存诗八百三十余首,收录诗赋、诏册、铭谏、论议等共一百卷,留世有《元氏长庆集》。

红豆

王维

与

《相思》

〔唐〕王维

相思

红豆生南国，
春来发几枝？
愿君多采撷，
此物最相思。

从此以后

“还没好好地感受/雪花绽放的气候/我们一起颤抖/会更明白/什么是温柔/还没跟你牵着手/走过荒芜的沙丘/可能从此以后/学会珍惜/天长和地久……”

在千禧年之前，那一首王菲用独特嗓音唱着的《红豆》已经火遍了大街小巷。当时，我尽管觉得歌很好听，着迷于其中弥漫着的一股细腻、缠绵的味道，却还不认识林夕，不知道他的笔下生花，歌中生意，不知道多年后会被他的词牵动情绪，唯一记得的是那首歌动听的旋律和那个声音听起来慵懒的王菲，看似状态散漫，却唱出了深情。

我一遍一遍地听，一遍一遍地哼，闭着眼睛，整个人就像王菲在《重庆森林》里扮演的快餐店女孩一样，在厨房里旁若无人地来回晃动，心中的人一点一点地冒出脑袋，惹得思绪在燥热的下午生出几番异样。

昨夜在超市里买来的红豆，泡在厨房的透明器具里，一颗一颗安静地躺着，互相依偎。不知怎的，那一颗颗小小的身躯上竟一点点地显现出心爱之人的模样，眉毛、眼睛、鼻梁、嘴唇……一样一样，都看得清清楚楚、真真切切。

这是陷入恋爱的场景，我深知，但我也清楚，自己是爱上了一个不知道能不能携手走到终点的人。听《红豆》时，满脑子里其实只有一句句带着可惜味道的“还没好好地感受”“还没跟你牵着手”……

“还没”，究竟是庆幸未来的时光还多，有大把的时间慢慢享受？还是感慨时光短暂，世事无情，事事都不再有实现的可能？或许更多的是后者，不然哪能被写进歌里，引得无数人深夜难眠，辗转反侧呢？

手机那头的聊天对象有一搭没一搭地回应着，回复得过于及时，怕被误以为是操之过急，非他不可；回复得太慢，又怕被误以为冷漠，对这段关系不够上心……等待回复的时光，过于无趣，我百无聊赖地拨弄起红豆，从左边拨到右边，从右边数到左边，一颗一颗又一颗，浑然又陷入对那个人的一点又一点的思念里。

“还没为你把红豆/熬成缠绵的伤口/然后一起分享/会更明白相思的哀愁/还没好好地感受/醒着亲吻的温柔/可能在我左右/你才追求孤独的自由……”王菲的声音还在空荡的房间里晃悠，就像一个许久不见的好朋友絮絮叨叨地在耳边念叨着，让我放弃这段看不到未来的感情。

说来总是轻松，真正做到却难于上青天。就像这一颗颗红豆，在王维的《相思》里，是众人皆知的思念，可是这一缕缕思念，该如何让那个被思念的人知道呢?愿君多采撷，不正是一个几乎难以实现的愿望吗?

天长地久

认识王维是在年少学古诗时，之所以印象深刻，大抵是在听过了那些诗人莺莺燕燕的风流趣事后，因而对这位感情生活“只此一人再无其他”的大诗人充满了好奇。

在当时，无论从什么角度去看，都可谓群星璀璨，这厢刚刚唱完一出精彩的戏，那厢就有人登场了：初唐四杰，诗仙诗圣等，层出不穷。人一多，自然就得分个上下高低，自然就有所谓的排位赛，谁能排第一，谁能代表整个唐朝的风气，就成了人民群众平日里津津乐道的事。

在很多人的心中，最靠前的肯定是“诗仙”李白和“诗圣”杜甫，他们二人不分伯仲，一个夺人耳目，一个动人之深；一个拥有天外飞仙的技法，一个拥有沉重有力的姿态；一个写尽天下浪漫，一个诉尽家事国事。而再往后，应该是“诗佛”王维，可在当时，他的名气却比李白和杜甫高得多。况且，李白郁郁不得志，只能寄情纵酒，杜甫一生颠沛流离，而王维幸福太多了。

王维出身于望族，自小接受全面而系统的贵族教育，德智体全面发展，据传九岁便写得一手好诗文，而且善画、通书法、懂音乐，几乎无所不能。二十一岁时，中进士，拿下状元，任监察御史，官至尚书左丞。在看重门第和学历的盛唐，王维凭借出身高贵，赢得了排位赛领先的契机。

十七岁时，王维独自一人生活在洛阳与长安之间，写了一首《九月九日忆山东兄弟》。

独在异乡为异客，每逢佳节倍思亲。

遥知兄弟登高处，遍插茱萸少一人。

一句“每逢佳节倍思亲”，从古至今，得到无数赞誉，将远行人的共有感情描写得淋漓尽致。

盛唐时期，长安聚集着无数志得意满的人，王维也不例外，他勇敢奔赴长安，但尽管他出身高贵，才华出众，却也只能在外围徘徊，无法进入长安社交圈内部。好在，王维才华全面，几乎什么都会，而弹琵琶的绝活使得他在长安社交圈崭露头角。在长安头号名媛玉真公主的私人晚宴上，王维从容地弹了一首《郁轮袍》，真真切切，令人动容。从此之后，王维真正进入长安社交圈内部，名声大噪，如鱼得水，畅行无阻。

只是，诗酒流连的日子，恣意潇洒的状态，都抵不过大厦将倾的波及。公元755年，安史之乱爆发，众人钦羡的盛唐进入最黑暗，也最恐怖的时期。唐玄宗匆忙出逃，一小部分文武百官跟着走了，而那些蒙在鼓里的大臣们第二天仍兢兢业业地上朝，在大殿中久候，才知道自己已经被抛弃了，再逃却为时已晚。

叛军攻入，长安彻底沦陷，覆巢之下，安有完卵?“兵油子”安禄山敬重王维的名气，打算将他迎到洛阳，委以官职，但王维大义凛然，装哑不从，因而被软禁在菩提寺，给事中一职。

一日，安禄山在皇宫大宴群臣，召集了很多乐师，其中有一位叫雷海青的乐师，面对这浮华的场景，想到亡国之痛，愤而将琵琶往地上一摔，随后向西放声大哭。安禄山暴跳如雷，下令将雷海青肢解示众。

听闻此事，囚禁在菩提寺的王维十分感慨，写了一首《菩提寺私成口号》。

万户伤心生野烟，百官何日再朝天。

秋槐叶落空宫里，凝碧池头奏管弦。

读完这首诗，当时是何情何景，也能知晓一二。战乱中，千家万户被叛贼掠夺、洗劫，什么都没了，只剩下青烟缭绕。高高在上的天子，百官何时能再见到你？秋天来了，槐树的叶子落了，皇宫一片凄凉，可叛贼呢？正在凝碧池听着乐师演奏。

多讽刺，多唏嘘。

公元757年，长安收复。紧接着，洛阳也被收复。王维因接受了安禄山的职位，被认为投靠叛军，锒铛入狱，按律当斩。好在，有人拿出了《菩提寺私成口号》，证明王维的心仍属唐王朝。的确，那一句“万户伤心生野烟，百官何日再朝天”不正表达了对大唐的忠心吗？

起起伏伏过后，王维看透了，风波经历了，心也厌倦了。上元元年，王维转任尚书右丞，过起了半官半隐的生活，“行到水穷处，坐看云起时”。

后来人常说，像王维这般潇洒，仕隐双得的诗人，几乎是凤毛麟角，但他真的如隐居生活这般无欲无求吗？我看未必，但苦于找不到证据，毕竟他心中可能有过的苦衷与挣扎，几乎从未在他的作品中窥到一二。

王维常给田园诗人裴迪写诗，如《菩提寺禁裴迪》《山中与裴迪秀才书》《酌酒与裴迪》《赠裴十迪》《口号又示裴迪》等。在与密友的书信往来中，王维也从未谈起过自己内心的郁结，最多只是淡淡地说“我心素已闲，清川澹如此”，淡淡地说“湖上一回首，青山卷白云”，以及淡淡地看着木末芙蓉花在无人的深涧“纷纷开且落”，与世无争。

再后来，王维变得更“讳莫如深”，什么也不说了，不说理想，不谈政治，甚至连自己都不说了。渐渐地，他的创作也成了“什么都不说”。

古语常说：诗言志。学古诗时，我常被教导说诗歌是抒情的，是饱含感情的。感情在哪里？当然在诗人身上，诗人因“自我”而存在。可是，王维的诗却常常抽离出“自我”，仿佛不是用自己的眼睛在看世界，而是用雾，用霭，用云，用霞，用花，用草，用风的眼睛去感受，因此，他创作出的如天才般的诗作里却渐渐“没有人”，像《竹里馆》，像《鹿柴》，像《辛夷坞》。

细细读来，《竹里馆》中的一句“独坐幽篁里，弹琴复长啸”，已经模糊了诗人的影子，而在《鹿柴》中，一句“空山不见人，但闻人语响”已经把诗人隐藏得很好了，只能听到点声音，等到了《辛夷坞》，诗人可再也看不见了。

木末芙蓉花，山中发红萼。
涧户寂无人，纷纷开且落。

“涧户寂无人”，花开花谢，这与诗人可没有一丁点儿关系了。后来再读《栾家濑》，发现王维纯粹是写景写物，连人都不曾提一提。

飒飒秋雨中，浅浅石榴泻。
跳波自相溅，白鹭惊复下。

这个世界，其实不曾温柔地对待过王维，甚至可以说是残忍、毫不留情地伤害他，但这种无奈、伤心和痛苦，从未在他的诗里见到半分。我从未见过这般无欲无求的诗人，王维把自己的情绪深深藏住，只透露出丝丝温柔与敦厚，而且一不小心就到了极致。

《送别》里的“但去莫复问，白云无尽时”，《送元二使安西》里的“劝君更尽一杯酒，西出阳关无故人”，句句都透着温柔，句句都令人心醉，仿佛在一派风和日丽的风景中，轻轻地让风拂在脸上，惬意极了。

而那一首浪漫的《相思》，我以为是王维难得的写给妻子的诗，我以为是难得的表达了自我心境的诗。可历史上的资料却否定了我的想法，据说，至今未曾发现过王维悼念妻子的诗歌，对比之史书记载的，王维自妻子去世后，“孤居三十年。禁肉食，绝彩衣。居室中除去茶档、茶臼、经案、绳床，此外一无所有”，活像一个禅僧的姿态。

王维为什么不写上三言两语？是大爱无声吗？是至情无语吗？还是人生当中的一些痛，只能以沉默的方式淡忘于世？

风景看透

众人深爱的那一首《相思》，王维究竟是写给谁？反复吟读后，又重新去看了看王维的经历，突然明白他想说的可能只有一个字——爱。

爱呀，爱啊，爱哪！

年轻时，出身名门望族的王维，仪表堂堂，文采出众，十分引人关注。很多人上门求亲，但都被王维一一谢绝了。没有人知道他是怎么想的，求亲的人依然络绎不绝，而他依旧坚定地将那些人拒之门外。

直到有一天，生了一场病的王维出门买药，进了一家药店，嘴里还在念叨着要买什么药，眼神却被柜台后坐着的一位容貌秀丽的姑娘吸引住了。一瞬间，王维的心中产生了不一样的感觉，他突发奇想，想要试探那位姑娘的才学。

爱情就是一瞬间的事，王维大抵也不明白自己为何突然有了试探的想法，但想法已经产生了，克制已经来不及了。于是，王维上前，问："不好意思，今日出门忘记带药方了，不知姑娘能否指点一二？"

姑娘淡淡地问："你还记得药名吗？"

"记得一二。"王维想了想，说，"我一买宴罢客何方，二买黑夜不迷途，三买艳阳牡丹妹，四买……"一口气，连出了十个问题。柜台的姑娘一怔，立即莞尔一笑，说道："宴罢客'当归'，黑夜不迷途因'熟地'，牡丹花妹'芍药'红……"答完后，就将身子一扭，去药橱取药，一一包好，递给王维，而后又静静地坐在柜台后。整个动作，十分自然，没有一点点卖弄的成分。

取了药的王维，对姑娘的爱慕之情油然而生，被她的才思深深折服。回到家后，心中难持平静，提笔写了一首诗。

二者缺一真可叹，书房偏又无石砚。
金童身边少玉女，晴天无日烦心添。

这诗，其实是一首谜诗。书童听从王维的吩咐，拿着谜诗到了刚才的药店，把手中的诗递给柜台后的姑娘。

姑娘打开看看，斟字酌句，解出了谜底——一见钟情。瞬间，她的脸变得绯红，急忙问书童："那位公子是谁?"

书童骄傲地回答："我家公子是大名鼎鼎的诗人王维。"

听到这，姑娘心中欢喜，她原本就对他有些许好感，知道是王维，内心更是激动不已，也回了一首诗。

一月一日喜相逢，二人结缘去问僧。
竹林深处见古寺，伊刚张口人无踪。

王维一看，会心一笑。一月一日是"明"，二人是"天"，竹林见古寺是"等"，伊刚张口人无踪是"君"，连起来，即是"明天等君"。好一出两情相悦的"一见钟情"，好一出一唱一和的"明天等君"。

这一段你来我往的爱恋，是琴瑟和鸣，是羡煞旁人，你读得懂我的心意，我看得明白你的爱恋，后来自然是喜结良缘的欢喜之事。

只是，天意弄人。三十一岁那一年，王维正满心欢喜地沉浸在要当爹的情绪中，谁知，爱的结晶还不曾降临到这个世界，就将母亲带走了。当晚，王维心爱的妻子因难产而亡，这个原本就对王维不那么善意的世界又毫不留情地夺走了他生命中唯一的挚爱。

中年丧妻，老而无子，王维的心瞬间从天堂坠落到地狱。此后三十年，王维哀莫大于心死，过上了禅僧的生活，朝廷依旧会去，但退朝之后，他会在房间里点一支香，默默地独坐一处，冥想诵经。

在离开这个世界之前，王维长期独居，终身不娶。是啊，心中深爱的人已经远去，尘世间已经不会再有能让自己心动的另一个她了。

细水长流

查到的资料里说，《相思》是眷怀友人的作品，与爱情其实没有半点儿关系。当然，我知道，也明白，"相思"一词并不限于男女情爱的范围，朋友之间，家人之间，都有相思。只是，我希望，或者说我愿意，把这一首流传许久的诗当成是王维唯一的写给爱情的作品。

红豆产于南方，果实浑圆、鲜红、晶莹剔透，就像是海底的珊瑚。为何这颗小小的红豆，会被当成是相思之物呢?这来源于一个传说。古代有一位女子，丈夫远行，死在边疆，女子悲痛不已，在一棵树下大哭，最后伤心而死，化为红豆，因此被称为“相思子”。

王维的《相思》，顾名思义，是一首写相思之情的诗，全篇不离红豆，正是以红豆寄相思之情。

红豆生南国，春来发几枝？
愿君多采撷，此物最相思。

首句以“红豆生南国”起兴，“南国”是红豆的产地，也是思念的人所在的地方，语意简单、单纯，却又富有想象，暗指后文流露的相思之情。

次句是在首句点出红豆的产地后轻声发问，承接十分自然，而寄语设问的口吻则显得分外亲切。整体而言，语气朴实，但单问“红豆春来发几枝”其实意味深长，毕竟是选择了富有情味的事物寄托情思，暗引情怀，着实极富想象。每每读来，却有这样一种感觉：语言明明很近，情愫却始终隔得很远，令人神往。这是因为王维把红豆当成了赤诚、有爱的象征。《相思》中有这种感觉，王维的其他诗里也有。《杂诗三首（其二）》里有一句：“来日绮窗前，寒梅著花未？”对梅树的深刻记忆，反映出在外的客子心中深厚的思乡之情。

第三句紧接着寄意友人“多采撷”红豆，在表面上仿佛是嘱咐友人要相思，但言在此意在彼，更希望告诉友人的是：“未来的你，能不能只要看到红豆就想起我，想起我的一切呢？”这背后深藏着的是自己的重相思，希望友人能够珍重彼此之间的情谊。借咏物寄相思，在古典诗歌中十分常见，很多诗人都喜欢以采撷植物寄托怀思，最著名的有汉代古诗《涉江采芙蓉》：“涉江采芙蓉，兰泽多芳草。采之欲遗谁？所思在远道。”

最后一句，一语双关。“相思”二字与首句点出的“红豆”呼应，切合了“相思子”之名，又关合了相思之情。相思到这里，达到了极致，这时候，“多采撷”的理由也就得到了充分解释。一个“最”字，仿佛是在说“只有红豆最叫人忘不了”，又仿佛在说“只有相思最令人着迷”，意味深长。

我始终相信，《相思》里有一个少年，满腹情思却不曾直接表白，句句不离红豆，但相思之情却已经跃然，极为明快，却又婉转含蓄。

我不自觉地用淡淡的旋律哼唱起王维的这一曲《相思》，迎着空气里弥漫的王菲的《红豆》的余音，又想起了心中那个人，但不是现在若即若离的他，而是最开始遇到的他，热情、充满青春，向我表白时，没有任何甜言蜜语，只是淡淡地说了一句“我想和你在一起”。在生活中，最情深的话其实最朴素最自然。

果然，我深陷了。

只是，《相思》里的少年始终是少年，而我遇到的少年却不知道在哪一刻突然变了。偌大的房间里，只有我一个人，空气里单曲循环着王菲的《红豆》："有时候/有时候/我会相信一切有尽头/相聚离开都有时候/没有什么会永垂不朽/可是我/有时候/宁愿选择留恋不放手/等到风景都看透/也许你会陪我看细水长流……"

也许，我会像王维那般，此后经年，手中拨弄着一颗又一颗的红豆，一直思念吧。

王维

唐朝诗人

王维(701年—761年),字摩诘,号摩诘居士。河东蒲州(今山西运城)人。唐朝著名诗人、画家。

王维于开元十九年状元及第。历官右拾遗、监察御史、河西节度使判官。唐玄宗天宝年间,王维拜吏部郎中、给事中。安禄山攻陷长安时,王维被迫受伪职。在长安收复后,被责授太子中允。唐肃宗乾元年间任尚书右丞,故世称“王右丞”。

王维参禅悟理,学庄信道,精通诗、书、画、音乐等,以诗名盛于开元、天宝间,尤长五言,多咏山水田园,与孟浩然合称“王孟”,有“诗佛”之称。书画特臻其妙,笔迹雄壮,布置重深,尤工平远之景后人推其为南宗山水画之祖。存诗四百余首,代表诗作有《相思》《山居秋暝》等。著作有《王右丞集》《画学秘诀》。

空事

陆游

与

《钗头凤·红酥手》

〔宋〕陆游

钗头凤·红酥手

红酥手，黄縢酒。
满城春色宫墙柳。
东风恶，欢情薄。
一杯愁绪，几年离索。
错，错，错。
春如旧，人空瘦。
泪痕红浥鲛绡透。
桃花落，闲池阁。
山盟虽在，锦书难托。
莫，莫，莫。

非卿不娶

入秋的天气，将一日缩短了，从不与人商量，匆匆忙忙间，一晃眼便已是夜幕，来不及思索，来不及前行，来不及回味，只留下当事人的一声叹息。

时间从来都无法回头，今时今日会过去，不论你多么开心愉悦，抑或是多么伤心难过，它都不复再来，而与时间同样回不去的还有那已然失去的爱。

不管是谁先提出的分开，一转身便是前世今生的遥遥相隔，终究是再也回不去当初了。若有人不能接受这样的事实，那只能在时光里黯然伤怀。

曾听过一句话，说，要把过去的感情当成是上一辈子的事，不可念，不可追，要向前看。可惜，说来容易，做来却十足艰难。

总有人被过往所困，总有人走不出回忆。

有人说，你可能永远都不知道真爱是什么，因为真爱总伴随着失去而来。世间万物，都是在失去后方知珍贵。

我曾经也不知道我有多在乎一个人，直到失去时，才真切体会到那种心痛、舍不得以及许多说不清道不明的惆怅。深知若能挽回是多大的幸运，若不能挽回即是一生的悔恨。

情之一字，千百年来最大的难题。两个人的故事，若一个人离去了，又将如何继续？

我曾爱一个人爱了许多年，此去经年，当初承诺言犹在耳，说好白首不相离，说好陪你今生，伴你来世，说好千里相随，可惜，再也没有后来。我也曾死死守住这些诺言，苦苦等待，不过，终究等来的是一场背弃，只能含泪学着尊重故事结尾。

一段感情结束了，但人生还在继续。那年失恋后，我去了江南水乡，烟雨朦胧中，倚楼听风看花落，古乐声从远处悠扬飘来，几分忧思，几分惆怅。

自然，我还去了沈园。沈园不大，水榭亭台，芳草萋萋，没有其他江南园林的闲暇和从容，来来往往的游人太多了。

八百多年了，那一场缠绵悱恻的爱情故事萦绕在园内每个角落，当年的伤心人已不在，可园内似乎处处都是伤心人。历经风霜的沈园，不知藏了多少人的心事。

“城上斜阳画角哀，沈园非复旧池台。伤心桥下春波绿，曾是惊鸿照影来。”

一首《沈园二首（其一）》，传唱了千百年。

很多人都说，在这一段感情里，是陆游负了唐琬，沈园一别，两人终成陌路，本以为可以各自安好，却等来了唐琬病逝的消息，他痛哭流涕，悲痛交加，只能一次次去沈园凭吊她。

如果一切可以重来，陆游肯定也想一觉醒来后，还是刚遇到她的那一年。

陆游生于绍兴一个官宦之家。他出生那年，1125年，金军侵宋，北宋君臣慌作一团，宋徽宗退位，太子赵桓即位，史称宋钦宗，改明年元为靖康元年。两年后金国攻破汴梁，掳走徽钦二帝，北宋灭亡。

出生在国家兴亡之际，陆游从小跟家人四处躲避战乱，过着颠沛流离的生活。

看到百姓们民不聊生的社会现状，陆游骨子里就有着要抗金复国的梦想。他的梦想屡屡受挫，这在他的大量诗歌中均有所呈现，一心报国却壮志难酬，所以，诗歌里既表现了昂扬的斗志，也充斥着深沉的悲愤之情。

陆游自幼就才华过人，十二岁即能赋诗写文，是远近闻名的才子，素有“小李白”的称誉。

十六岁那年，陆游去京城临安考试，结果却不尽如人意。但他生性豁达，豪情万丈，也并不在意这次失败。

二十岁那年，算是他人生最美好的一年，因为命运给了他一份厚重的礼物。那是暮春三月的时节，正是江南好风光，他们自少时一别后终于再重逢了。

表妹姓唐名琬，字蕙仙，是陆游母亲娘家的侄女儿，他俩曾朝夕相伴，共同度过了一段无忧无虑的童年时光。再见时，他们都未曾认出对方，伴着令人沉醉的江南美景，他俩对谈起扇面上《桃叶歌》，说起流传于世的三首桃叶诗，他问她更喜欢哪一首，她温柔作答，却轻轻念起《团扇歌》："手中白团扇，净如秋团月。清风任动生，娇声任意发。"

眼前女子有着娇俏容颜，还精通诗文，他一阵心动，正待相识，是母舅唐诚的出现告知了他答案。

她是表妹蕙仙，那个小时候跟在自己身后的小女孩，如今成长得越发标致了，他喜欢她，而她也心心念念的都是务观表哥。她自小就和表哥玩，虽然那时懵懂无知，可是跟在表哥身后的日子，很快乐。豆蔻年华时，因为封建教条的牵绊，他们分开了，她不再跟随父母去姑妈家，每天只能在困守闺阁，她学习吟诗作赋，铺开宣纸，拿起画笔勾勒的全是表哥的模样。

青梅竹马的两人，等来了嫁娶的年龄，自然是非君不嫁，非卿不娶的。

很快，陆游便和家人袒露心迹了，他跟父母说了非蕙仙不娶的誓言。母亲唐氏从首饰匣里拿出凤头钗交给了他，算是答应了这门亲事。

那把凤头钗，是一份誓言，一份承诺，是“尘归尘，土归土，而我归于我们”的告白。能娶她，是他的福气；能嫁他，亦是她的幸运。

新婚宴尔的小夫妻遁入爱河，情深甚笃。

若无东风恶，或许他们可以执子之手，与子偕老。只可惜，世间没有如果，他们的幸福生活过于短暂，还没好好享受，便结束了。

劳燕分飞

古人说，温柔乡即是英雄冢。自古以来，太深情的结局极大可能会成为一桩悲剧，感情从来不是两个人的事，进入婚姻后，他们会面临一重又一重的感情考验，每一个考验，会让他们离对方更近，还是更远呢？

表妹进门后，他终日与她为伴，一分一秒都不愿离开她。他忘记了要求取功名，他丢下书本，甚少出现在书房，面对母亲苦口婆心的训导，他声声应和着，转身便流连在表妹闺阁，为她描眉，为她涂粉，为她读诗，为她作画。在他眼里，天仙下凡不外如是，她惊艳明媚，一个回眸，便让他如痴如醉，心生万般怜爱。说他曾爱她如生命，我信。

然而，这样的美好终究如过眼云烟。

新婚一年，她便被婆婆唐氏拽到了供奉陆氏先祖的祠堂，当着陆家列祖列宗的面，唐氏一一细数唐琬的过错，说她忘记了相夫教子的本分，说她诱惑自己儿子，让他终日沉湎在她的狐媚之色中无法自拔，把他带入了歧途，他忘记了自己的身份和使命，他荒废学业，放弃功名……这些在唐氏看来，都是唐琬的过错，她逼着唐琬对着自己和陆家列祖列宗发誓，以后绝不再"引诱"表哥，她要敦促他学习，早日考取功名。

她细细思量，为了和表哥的安稳未来，她只能放弃眼前的幸福。

从那一天起，她开始刻意疏远表哥，无论他怎么哄她，她都冷着一张脸，也不肯再陪他赏花游玩。她再也没对他说过爱意和想念，她总是拿出书本，劝他读书，劝他早日博取功名。

陆游一度觉得爱妻变了，变得无趣乏味了。

很快，他也知道了，全是母亲的原因。他理解她的处境，也决定配合她，他答应不再风花雪月，搬去书房，不过要求是希望她跟着陪读。她担心婆婆不会答应，他提出那就偷偷地陪。

就这样，瞒着婆婆，她偷偷地来，也偷偷地走。即便在如此枯燥的书房，只要有对方在，依然是人间仙境。

他们在书房里，放任自如，犹如蘸了蜜一般，全然没有意识到暴风雨会来临。一个夏日午后，唐氏闯了进来。当着陆游的面，痛斥唐琬，并要陆游把唐琬送回唐家。

眼见母亲在气头上，况且母命难违，他只能把表妹送回家。本以为等着母亲气消后，表妹便能回来了，没想到，母亲竟然要他休妻。

唐氏去郊外的尼姑庵给他俩卜算了命运，不料对方说，唐琬有克夫之命。唐氏害怕极了，她自然不能容忍这样的女人再继续留在儿子身边。当然，她给的理由是，七出之条，无后为大，唐琬自嫁入陆家三年来，未留下半个子嗣。

婚后第三年，他们分开了。

在娘家苦苦等待着爱人的唐琬，也没有想到等来的却是一纸休书，泪水如决堤的潮水般涌出，她不相信务观会这样对她，可是这一言一句都是务观的字，父母为她去陆家讨说法，而她只想再见务观一面。她想问问他，曾经的山盟海誓全都作罢吗？他可知，为了他，她什么都可以舍弃，她只想要他深情的注视。可惜，无疾而终。他们再也回不去了，从此相见如陌路，不再有任何瓜葛。

简媜说，深情若是一桩悲剧，必将以死为句读。那些生死相随的誓言，不属于陆游和唐琬，他们说分开也就分开了，只是心里永远缺了一角。

沈园再遇

唐琬离开后，唐氏做主，让他另娶温顺本分的王宛今为妻，至此也好彻底切断他和唐琬的情丝。

虽然心痛，虽然无奈，但他也只能接受命运的安排。他收起内心的悲怨，重新开始了学业。

二十七岁那年，陆游离开了故乡山阴，前往临安去参加“锁厅试”。

在临安，陆游的才华和学识得到了主考官陈阜卿的赏识，并推荐他为第一，第二是当朝宰相秦桧的孙子秦埙。秦桧深感脸上无光，于是在第二年春的礼部会试时，取消了陆游的名次。这一段仕途之路，可谓艰辛。他也知道，但凡秦桧在朝一天，他就不会有出头之日。

礼部会试失利，陆游倍感凄凉，为了排遣愁绪，他只能徘徊在山山水水间。

一日，他去了沈园，也在这里，他与前妻唐琬重逢了，自别后，已有十年了。

这一年，他三十一岁，两人各自已有家室，他是为了释放内心愁绪，独个儿前来的，而她，是与自己的丈夫同行的。

分开后，她嫁给了宋太祖玄孙赵仲湜之子赵士程。赵士程是一位宽厚重情的贵族公子，他曾去陆家做过客，对唐琬一见倾心，无奈她已作他人妇。

在唐琬被休后，他顶住世俗的压力，把她娶进了门。即便唐琬七八年未育，但他都对她痴心一片。

三人在沈园不期而遇的那一刻，赵士程默默地借故离开，给了重逢的两人一个独处的空间。他们肯定有很多话想说，当年分开时就藏着很多未说完的话吧。不过，这一眼十年，四目相对，心有千千结，却不知从何说起，唯有泪先行。

一别十年，再开口时，恍若隔世。

陆游问，他对你好吗？

她答，极好。没有他，我可能无缘与你今日相见。

听到这样的答复，他除了回应“好”，也没有第二个字能表达了。你若安好，便是晴天。这样的结局是你我最好的归宿吧。

再无法言说更多的话了，赵士程还在等她。她要走了，回到她的丈夫身边。隐隐间，他看到他二人在园林里的轻言笑语，赏花对饮，好不自在。恍惚间，他们也曾有过如此甜蜜的时刻，情已逝，今非昨。

这一见，他更加惆怅了。就在他失魂落魄时，她的丫鬟来了，说奉夫人之命，送来一壶美酒，几碟小菜，希望公子在园中游玩舒心。

几杯酒下肚，陆游感慨万千，提笔在沈园的墙壁上，为唐琬，为他深爱的前妻，写下了千古名篇——《钗头凤·红酥手》：

红酥手，黄滕酒。满城春色宫墙柳。东风恶，欢情薄。一杯愁绪，几年离索。错，错，错。

春如旧，人空瘦。泪痕红浥鲛绡透。桃花落，闲池阁。山盟虽在，锦书难托。莫，莫，莫。

这一切都错了吗？从决定顺从母命的那一刻起，是他选择了放手，为什么现在如此难过。或许唯有旧人重逢，才知内心有多痛，多不舍，多想回头。

她转身离去之时，他只能在心里呼唤她的名字："蕙仙……"

这一别，怕是今生今世再难相见了吧。

爱有来生

有些人，有些事，是绝口不能提的。如果可以，就让他们深深地留在时光里吧。

1155年，秦桧病逝，朝中势力瓦解，陆游再入仕途，他向高宗提出力主抗金的主张，并未被采纳，他最终只能闲居在家，过起了“采菊东篱下，悠然见南山”的隐士生活。

他是闲不下来的人，心里时刻想着要上线杀敌，收复山河。这在他晚年所作之诗《书愤》中有证：

早岁那知身世艰，中原北望气如山。
楼船夜雪瓜洲渡，铁马秋风大散关。
塞上长城空自许，镜中衰鬓已先斑。
出师一表真名士，千载谁堪伯仲间。

他也曾有过一段军旅生涯，全是做闲职小吏的工作，还时常被扣上莫须有的罪名，最后他只能落寞回乡寄情山水。

自那日沈园一别后，陆游和唐琬不复再见。

第二年春天，唐琬又去了沈园。

这一次，她带着丫鬟一同游园，徜徉在园中小径时，抬头瞥见了陆游的题词。她反复吟诵多遍，想起过往深情，感慨万千，眼泪情不自禁地落了一地。

丫鬟问缘由，她只说被这首词感动了。丫鬟不识墙上字词，只能心焦地为夫人擦泪。

思绪难平，她提笔在后面写了《钗头凤·世情薄》，算是一段回应。

世情薄，人情恶，雨送黄昏花易落。晓风干，泪痕残。欲笺心事，独语斜阑。难，难，难。

人成各，今非昨，病魂常似秋千索。角声寒，夜阑珊。怕人寻问，咽泪装欢。瞒，瞒，瞒。

世情薄，人世艰难。当年的情，很难忘，怕人寻问，只能咽泪装欢。

与赵士程相伴的十年，她是被关照的，她能感受到对方为自己所付出的所有，怕她伤心，他从不过问往事，他也从不管那些流言蜚语，她未给他生下一儿半女，他也悉数承担。这些，换成是务观表哥，定然是无法承受的。他不计种种前因，接纳了她的一切，可惜，她的心里还是无法忘怀。

当年，她想要从表哥那里听到的答案，如今在沈园的墙上，她都读懂了。他们之间,没有谁负谁,都是命。

唐琬回去后,几乎茶饭不思,郁郁寡欢。同年秋天,身体不堪重负,她离开了。

那个爱她的男人怀着巨大的悲痛,厚葬了爱妻,终生再未续弦,四十多岁战死沙场。他爱得太投入了,后人还赋诗写道:

留诗剑南歌放翁,沈园遗恨误相逢。
香消玉殒魂何在,千古伤心赵士程。

多么让人扼腕的痴情男二,为她殉了自己的一生。

多年后,男主才得知唐琬的死讯,他悲痛莫名,他们已然错过,不能相守,不能相伴,他心里唯一的希冀便是她好好活着,活到两鬓斑白,长命百岁。可是,她还是走了。

他常常想她,想她时就去沈园,总想着那里还有她的痕迹。

“老来多健忘,唯不忘相思。”他七十一岁那年,重回沈园,睹物思人,做了《沈园》二首。

其一:
城上斜阳画角哀,沈园非复旧池台。
伤心桥下春波绿,曾是惊鸿照影来。

其二：

梦断香消四十年，沈园柳老不吹绵。

此身行作稽山土，犹吊遗踪一泫然。

他七十九岁时的一天夜里，梦里梦到了沈园，醒来又作了几首诗：

其一：

路近城南已怕行，沈家园里更伤情。

香穿客袖梅花在，绿蘸寺桥春水生。

其二：

城南小陌又逢春，只见梅花不见人。

玉骨久成泉下土，墨痕犹锁壁间尘。

沈园里再也无法与她相见，不过，他想着快了，他们会在天上再见的。

他八十四岁那年，拖着老态龙钟的身子，又去了沈园。他在归来后写道：

沈家园里花如锦，半是当年识放翁。

也信美人终作土，不堪幽梦太匆匆。

他对唐琬是有亏欠的，是他让她成了弃妇，让她备受他人嘲讽，让她忧思成疾。他如何能忘记，他很想她，这一场相思蔓延了六十年。

灯残，梦灭，人生已近黄昏。只是不知，在他离去时，是否还在想念她。那些想说却未说出口的话里，有没有许下来世的承诺：蕙仙，这一生错过了，若有来生，定与你白头。

陆游

南宋词人

陆游（1125年—1210年），字务观，号放翁，越州山阴（今浙江绍兴）人，南宋文学家、史学家、爱国诗人。

陆游生逢北宋灭亡之际，少年时即深受家庭爱国思想的熏陶。一生笔耕不辍，诗词文俱有很高成就，其诗语言平易晓畅、章法整饬谨严，兼具李白的雄奇奔放与杜甫的沉郁悲凉，尤以饱含爱国热情对后世影响深远。

陆游具有多方面文学才能，尤以诗的成就为最，自言“六十年间万首诗”，存世有九千三百余首，诗歌涵盖面非常广泛，几乎涉及南宋前期社会生活的各个领域，多沉郁顿挫，感激豪宕之作。与尤袤、杨万里、范成大并称为南渡后四大家。其亦有史才，他的《南唐书》，“简核有法”，史评色彩鲜明，具有很高的史料价值。

有《剑南诗稿》《渭南文集》《老学庵笔记》等传世。

迟迟

杜牧

与

《叹花》

〔唐〕杜牧

叹花

自是寻春去校迟，
不须惆怅怨芳时。
狂风落尽深红色，
绿叶成阴子满枝。

别纠缠

昨晚十二点，我难得没有关掉手机，因为冥冥之中感觉到它会响，它会传来一个盼望已久的消息。

果然，十二点才过去了一分钟，电话就打破了深夜的寂静，朋友的名字出现在屏幕上。我接起，朋友在打完一声招呼后，变得支支吾吾的，我几乎能从她的呼吸中感受到酝酿了许久的情绪，但好像不小心深陷进迷宫，找不到出口。

我也不说话，但隔着肌肤的心跳，“怦怦怦”个不停。

时间过去了一刻钟，朋友终于吐了一口气，字字斟酌：“他要结婚了。”

我对着电话，笑得特别大声，笑得特别夸张，而后迅速地挂断电话，因为泪水已经从眼眶汹涌而出，下一秒我已经抑制不住自己的情绪，号啕大哭。

男友被我的哭声惊醒，睡眼惺忪地拍拍我的肩膀，问：“怎么了？”

抹了一把鼻涕一把眼泪地往男友身上擦，直到再也没有力气发出一点点声音，就沉沉地睡了过去，夜晚才真正地来到我的世界。

天亮了，我醒来，心情还没有缓和。我翻了翻知乎上的很多问题，看到有一个人问：“得知前男友结婚了，是种怎样的心情？”赞同最多的回答是：“你终于结婚了，你不结婚，我总觉得你在等我。”

这也是我的真实感受。这么多年，他不是没有回头找过我，只是我心意已决，执意不肯回头。这么多年过去了，我遇到了新的人，也计划步入婚姻的殿堂，也早已经不再爱他，可是每一次听到他的消息，我的心还是会忍不住颤抖，生怕不经意间会掀起生活的波澜。

直到听到他结婚的消息，我才意识到这么多年的沉重就像是一块大石头，终于要放下了。可是在那一刻，突然有些不舍，仿佛放下的不是一块石头，而是一种难以言表的情绪，一种不能与人言的伤痛。

人都是自私的。我希望他一直等我，等到终身不娶，等到海枯石烂，只是我忘了，他也有他人生的道路要走，他也有他未来的人要牵手，谁能站在原地不动，等一个再也不会来的人，等一份再也没有可能的感情？

杜牧写《叹花》时，是不是也跟我有着一样的感触？

那一句“绿叶成阴子满枝”是不是也充满了不舍与不甘，是不是也有着无尽的感慨与心酸呢？

我以为是的。

不追究

小时候学古诗，诗人杜牧的名字永远不轻不重，的确有一些诗篇流传百世了，可若真的谈起成就，他总是很难被记住。

再后来，了解到杜牧是一个风流诗人。再再后来，纵观他的一生，如果只有一个风流诗人的头衔，恐怕太委屈他了吧。

毕竟，光从文学艺术创作上而言，杜牧拥有多方面的成就，在诗、赋、古文、书法等方面都是高手，风格独特。仔细看了杜牧的一生，看了杜牧的作品，突然觉得“风流诗人”的头衔着实委屈他了。

唐朝，在印象中是辉煌的大一统王朝，可杜牧生活的中后期却从顶端慢慢走向衰败。

两位朝廷大臣之间发生的朋党之争，导致晚唐提前到来，也毁掉了杜牧这个人才——发生争执的双方都很器重他，但在利益关系面前，任何一方都没有把他纳为嫡系，反而把他当成了“杀鸡儆猴”的工具。

要知道，杜牧出生于官宦之家，祖上在朝廷中都是受器重的要臣。

受家族诗书之风的传承，他年少时就有夯实的文学基础，写了一篇《阿房宫赋》去参加科举考试，一时间，洛阳纸贵。

不过，杜牧对当文人没有抱负，他希望当政客，普济天下苍生。只可惜，生不逢时。

两党一争就是四十年，在茫茫宦海之中，杜牧报国建功都没有门路，难有作为，因而这一生，他都在忧国忧民与伤春伤别绮思柔情的内心矛盾煎熬中度过。谁能想到，在他死后，留在大众视线中的却是一个“风流诗人”的头衔？

的确，杜牧写过轻视女性、饮酒狎妓的诗，如《遣怀》。

落魄江湖载酒行，楚腰纤细掌中轻。
十年一觉扬州梦，赢得青楼薄幸名。

我并不为杜牧开脱，当时唐代文人中流行的风气的确如此，杜牧也并没有出淤泥而不染，但因“三人成虎”的口耳相传，就定了杜牧的性，未免也是草率了，而且《遣怀》的问世的确藏着一个故事。

大和七年，杜牧二十六岁，中了进士，在扬州节度使牛僧孺幕中任职，深得器重，但他晚上常常独自去逛青楼。

牛僧孺虽然知道，却也不好开口阻止，但又不放心杜牧的安全，就派了许多兵士在晚上穿着便衣暗中保护他，不过杜牧并不知情。

两年后，杜牧升任监察御史，牛僧孺为他饯行。喝了一点酒，牛僧孺开口劝他，到了京城不比在扬州，要注意自己的行为举止，别到处拈花惹草。

杜牧听了不高兴了，辩解了几句，最后还保持微笑地感谢关心。这时，牛僧孺拿出了那些兵士在晚上记录的密报，清晰记录了杜牧的所有行踪，他突然意识到原来牛僧孺一直掌握着自己的行踪，暗地保护自己，深觉感动。

到了京城，杜牧检点了自己的生活，很少去青楼厮混。在某一天，他想起在扬州那段醉生梦死的生活，悔恨万分，才写下了这首诗。

诗中，“楚灵王好细腰”和“赵飞燕掌上舞”确实有夸赞扬州歌妓之美的意思，但“落魄”二字明显透露出杜牧不满自己沉沦的境遇，他在追忆，并不惬意。

而在《遣怀》等诗之外，杜牧的文学艺术创作都有着颇高成就，他写的诗吸收、融化了前人的长处，形成了自己的独特风格，耳熟能详的七言绝句有《泊秦淮》《江南春》《山行》等，而我更偏爱的可能是《紫薇花》。

晓迎秋露一枝新，不占园中最上春。
桃李无言又何在，向风偏笑艳阳人。

诗在写紫薇，但一句都不曾提到紫薇，可是每每读来，都能够从中感受到紫薇的美丽质感，感受到它不与群花争春斗艳，淡雅高洁的风骨。这种赞誉，是在“平常”中制造了一种“反常”，反而扩大了诗的张力和趣味，别有一番风味。为此，杜牧在有了“樊川居士”的号之后，多了一个“杜紫薇”的雅称。

在政治场上，杜牧其实几番辗转。

大和七年，任推官一职，后转为掌书记。

开成二年，任宣州团练判官。

开成四年，去长安任左补阙、史馆修撰。

开成五年，任膳部员外郎。

会昌元年，任比部员外郎。

会昌二年，外放为黄州刺史。

会昌四年，任池州刺史。

宣宗大中二年，入为司勋员外郎、史馆修撰，转吏部员外郎。

宣宗大中四年，升吏部员外郎。

从这些起起伏伏的经历看，“风流诗人”的头衔果真是委屈他了，他明明尽了自己的最大努力，可惜的是生不逢时。宣宗大中六年的冬天，杜牧病重逝世，后人如何不理解，他已经不会再知道了。

勿感叹

关于杜牧的爱情故事，可考的资料并不多，而杜牧写过的关于爱情的诗，也不多，最能让人产生不少联想与唏嘘的是一首《叹花》。

自是寻春去校迟，不须惆怅怨芳时。

狂风落尽深红色，绿叶成阴子满枝。

这首诗的背后，有一个传说故事。传说，也就意味着故事的真实性有待考究，但诗中寄托的男女之情，是不容置疑的。

大和二年，杜牧二十六岁，可谓是春风得意。先是进士及第，后授宏文馆校书郎，之后的几年里，就在全国各地任幕僚。

有一年，当时杜牧在宣州当幕僚，早前听闻湖州的景色秀丽，美女如云，因而跑到湖州游玩。在湖州担任刺史的人正是杜牧的好朋友，所以大讲排场，把全城的官妓都找来陪酒，热情地款待杜牧。

可惜，没有一个是杜牧看得上眼的。

美人虽不曾入眼，幸好美景在。杜牧在湖州的美景当中游玩了几日，临别之前，好朋友又专门为杜牧举行了一场赛船大会，引得全湖州城的姑娘都出来观看了。沿着河岸一路望去，姑娘一一而站，但无一人令杜牧稍有心动。

这时，船就要散了，杜牧的眼睛却突然发出了光亮。

曲岸上有一位中年妇人，手中牵着一位十三四岁的小姑娘，款款走来。杜牧急急忙忙喊船停下，那小姑娘的脸在他看来是绝色，于是派人到岸边请那对母女到船上说话。

母女俩上了船，看到一船的官员，惊慌失措，以为自己犯了什么错，一句话都不敢说。

杜牧单刀直入，说要娶那位小姑娘为妻。

中年妇女面露难色，说道：“小女年纪尚小，还没到谈婚论嫁的年纪，若我现在以一人之愿强加于她，唯恐他日，她会恨我入骨。”

杜牧点了点头，他也不想为难这对母女，说：“这样吧，现在我留下一封聘书，我保证十年内一定会到湖州做官，到时再娶您家姑娘为妻。如若我十年内没有来，您就把您家姑娘许配他人吧。”

说完，送了一箱的绫罗绸缎，当是给那对母女的聘礼。

中年妇女收下了聘书和聘礼，带着小姑娘离开了杜牧所在的船只。

后来，杜牧被调离京城，在全国各地辗转多回，对当年在湖州一见钟情的小姑娘念念不忘。

十四年后，他终于到了湖州当了刺史。

上任的第三天，杜牧就派人寻访当年的那对母女。

人是找到了，但当年的小姑娘已经嫁了人，而且生了两个儿子。

杜牧听到这，伤心极了，但他还是不甘心地命人请那对母女到衙门来。

姑娘的丈夫不愿意了，在唐朝，刺史等同于一个省的军政长官，初唐时期大多由皇子担任，他担心自己的妻子会被位高权重的刺史大人抢走，因而不敢让妻子去见杜牧。

最后，姑娘的丈夫和姑娘的母亲抱着姑娘的两个儿子前来见杜牧。

杜牧见了当年的中年妇女，现在的老太太，问："您当年收了我的聘书和聘礼，为什么不遵守诺言，让她嫁给别人？"

老太太内心恐慌，但还是努力地保持镇定，拿出了杜牧当年亲笔写的聘书，说："大人您当年说十年内必定要到湖州娶我的女儿，可是我女儿等了您十年，您都没有来。第十一年，我女儿才嫁人，三年内生了两个儿子，并没有不遵守诺言。"

杜牧这才想起自己当年说的十年之约，既懊悔又难过，想起当年在曲岸上见到的绝色小姑娘，有感而发，写下了《叹花》。

故事的惆怅，不难读懂，但我却在其中读懂到了更多。

相遇之初，这对母女并没有因为杜牧是官员而刻意巴结；十年岁月，故事的双方都能信守彼此的诺言，尤其是杜牧，四处辗转，是为了与姑娘完婚才向朝廷请求到湖州当刺史；在得知自己的意中人已经结婚，也不曾因心愿未成而迁怒于人……

可惜是可惜，但古人的处世态度却在告诉我们：很多事情都会过去。

少唏嘘

《叹花》一开始其实不叫《叹花》，诗刚写下时，杜牧并没有取题目，时人命题为“怅诗”，后来在流传中才改为“叹花”，而内容也与现在所见的有所不同。

自恨寻芳到已迟，往年曾见未开时。
如今风摆花狼藉，绿叶成阴子满枝。

比较而言，原版似乎更雅，现在略俗，而且我更偏爱原版中的主题词“自恨”，一个“恨”字表达了诗人在浪漫生活不遂意时的惆怅与懊丧。

不过，不论雅俗，也不管偏爱，眼前的即是当下。

前两句表达的是自己作为寻春之人，原本打算去寻春赏花，但去迟了，结果春尽花败，最好的时机已经过去了。首句开头一个“自”字，饱含着感情色彩。“自”即“我”，充分表达了杜牧本人的自怨自艾、懊悔莫及的心情，是自愁；第二句是自解，大抵是安慰自己说，虽然暮春已到，花儿已谢，但不必惆怅，也不必哀叹。

人都是奇怪的，明明在惆怅，在怨嗟，却还要故作豁达地说

“不须惆怅”；明明已经痛惜懊丧到不能呼吸，却还要故作坚强地自宽自慰。后来想想，这大抵是腾挪跌宕的写法吧，越说自己不在意，其实越在意；越说自己不难过，其实越难过。这是无可奈何！这是懊恼至极！

后两句说的是，忽然而来的一场狂风，把盛开着的深红色的花都吹落了，吹得满地狼藉，树上剩下的只有形成绿荫的树叶和累累的果实。表面上似乎只是客观地在写自然界花的变化，实际上写的是人，蕴含着诗人深深的惋惜之情。

花开花谢指的是少女妙龄已过，绿叶成荫，果实满枝指的是少女已经结婚生子。花的变化其实是人与人之间的缘分变化，就像两个人之间的恋爱，都是天注定，不由人。这种比喻很隐晦很含蓄，正是这一种若即若离，才让这首诗显现出构思的新颖与巧妙，语意的耐人寻味。

全诗围绕的是“叹”字，但却不见一个“叹”字，却又能感受到杜牧一句三叹的心情，着实别致。

在得知前男友结婚之前，我不是没有读过《叹花》，只是当时无论读多少遍，都不曾感同身受地体会到杜牧那种自宽自慰的无可奈何，而在朋友的电话之后，我却在一瞬间体会到了“自是寻春去校迟，不须惆怅怨芳时”的故作豁达，读懂了“狂风落尽深红色，绿叶成阴子满枝”的不由己。

朋友在深夜电话之后，没有再找过我，只发来一条微信：“他说他希望得到你的祝福。”

我点开前男友的微信，手指静静地停在屏幕上方，心中愁绪已万千，却难以浓缩成一句简单的话。我要表达我的惆怅吗？我要说出我的稍有不甘吗？不吧，何必让这段“风平浪静”的关系再起“波澜”呢？

“狂风落尽深红色，绿叶成阴子满枝。祝你幸福。”

杜牧

唐朝诗人

杜牧(803年—约852年),字牧之,号樊川居士,汉族,京兆万年(今陕西西安)人。杜牧是唐代杰出的诗人、散文家,是宰相杜佑之孙,杜从郁之子。唐文宗大和二年二十六岁中进士,授弘文馆校书郎。后赴江西观察使幕,转淮南节度使幕,又入观察使幕,历任国史馆修撰,膳部、比部、司勋员外郎,黄州、池州、睦州刺史等职。

因晚年居长安南樊川别墅,故后世称"杜樊川",著有《樊川文集》。杜牧的诗歌以七言绝句著称,内容以咏史抒怀为主,其诗英发俊爽,多切经世之物,在晚唐成就颇高。杜牧人称"小杜",以别于杜甫,"大杜"。与李商隐并称"小李杜"。

余生

崔郊

与

《赠去婢》

〔唐〕崔郊

赠去婢

公子王孙逐后尘，
绿珠垂泪滴罗巾。
侯门一入深似海，
从此萧郎是路人。

两个世界

我很喜欢参加婚礼，沉迷于每一场婚礼上的宣誓环节。

当然沉迷的并不是一对又一对情深的爱人，而是沉迷于新郎新娘以最真挚的感情互相宣誓：“无论富贵或是贫穷，无论健康或是疾病，无论人生的顺境或逆境，在对方最需要你的时候，我都能不离不弃，直到永远。”

沉迷归沉迷，但我其实并不能很好地理解那段话，不理解为什么“富贵或贫穷，健康或疾病，顺境或逆境”这三对反义词要在婚姻这件事上成为一个“可能的前提”，甚至也不理解倘若有一天这些设想的“可能性”真的降临在面前，婚姻是否会面临着设想当中不同程度的崩溃？

其实不仅是婚姻，连尚未盖上定论的恋爱也会面临着不同可能性的崩溃。在不知不觉中察觉到昔日好友从一个热情开朗的正能量变成一个整日唉声叹气、郁郁寡欢的负能量，而且，沉沦日复一日，仿佛深陷在一个不断扩大的旋涡，无法自救，也得不到救助。我问他怎么了，他几乎用尽了全身力气，回了我一句："爱情这件事，一旦有了所谓的等级，就多了难以平衡的不甘。"

道听途说了一些，大概理清了好友的故事。

一次偶然的机会，他对公司领导的女儿一见钟情，虽早已脱离古代封建的等级制度，但现代生活隐形的阶层差异始终存在。领导的女儿是一位娇生惯养的大小姐，活在珠光宝气的生活里，每天在意的是灯红酒绿和烛光晚餐，她仿佛站在高一等的阶梯上俯瞰世界。

因为爱，好友决定开始融入对方生活，即便是器官移植，融入他人身体也是一条漫漫长路，随时可能面临着排斥反应，而融入全然不对等的生活亦然。

原先所有的生活习惯来了一个一百八十度大转变，便宜的火锅店不能去了，路边摊成了完全嗤之以鼻的地方，哪怕是早餐，都要去高档的餐厅绅士地坐一会儿，眼睁睁地看着花销以一秒钟多少钱飞逝；原先的朋友也不能要了，好友毫无声响地退出了几乎所有的群组，成了一个再也约不到的人，任何可能有空的时间，他都用来配合大小姐。

只是，付出的时间和精力，根本得不到对等的回报，好友二十四小时处于被传唤的状态，精神保持高度警觉。在我看来，他不被传唤的时刻看上去比传唤时更累，大概是因为被传唤意味着被需要，不被传唤意味着没有被想起，他就如被掏空了一般，没有任何精神气。

我实在看不下去，在微信上问他，这样值得吗。微信那头迟迟没有回应，我等了一会儿，也不愿再去在意，或许我的关心对他来说并没有任何意义吧。我不曾步入过婚姻一步，也没有在一份充满差距的爱情里付出过自己的感情，姿态永远是站着说话不腰疼，但从内心来看，我真的觉得没有必要。喜欢固然没错，可如果因为喜欢，要到一个不属于自己的世界，太辛苦，也太折磨了。

谁会这么傻呢？我以为不会有人这么傻，可仔细去回想，却深刻地感受到，原来，每个人为了爱，会付出难以想象的多。

就像崔郊，心中的爱意甚浓，又觉得不公平，又觉得心有不甘，于是愤而写诗，为那份从此不同世界的感情申诉，成功了圆满了自然是好事，可我有时候回头去想，很多时候，人与人之间的世界是不同的，当你与心爱的人走向了两个世界，是选择放下呢，还是选择坚持到底？

一人一诗

在学过很多古诗，了解过很多古人之后，我常在想，那些古代的人，究竟是靠什么被我们记住的?李白和杜甫，王维和白居易，写了一首又一首的诗，留在历史里，随便一翻开，几乎都是值得回味的篇章，这是流传的才华让我牢牢地记住他们。而有些诗人，在历史的进程中，并没有留下多少诗篇，但倒是留下不少风尘逸事，供人在茶余饭后谈起，浅浅一谈，就能喝完一盏茶，聊完一个深夜，这是历史的一份偏爱让我记住了他们。

可历史上还有一些人，留下的诗很少，留下的逸事也很少，却还是能让人记住，而且记忆深刻，就像崔郊。

《全唐诗》里只收录了崔郊的一首诗，他是这一生只写了这一首，还是写了很多首却没有传世流传不被人记得，谁也不知道。唯一知道的是历史里只有关于一首诗的一段故事，再无更多。

我试图去查找过有关于崔郊的资料和经历，少之又少。从仕途上来看，唯一知道的是他是一个秀才，秀才之前或者秀才之后的官场经历，不得而知。仕途如此，生活也是如此，有限的资料上只说他家境贫困，而活着的那些年，他到底有怎样的起起伏伏，也无人知。

网络上放在崔郊的姓名之下的资料，都是关于那一首诗的故事，除此之外，再无其他。是不是很可悲？有一点吧。相较于其他诗人满满当当的资料，崔郊的的确略显单薄了些，他就好像是历史当中一个无关紧要的人。可是，有时候也是一种幸运吧。留下足够的空白，才能够给人以想象的空间，才能让人为自己有过的想象增添一些美好的希望。

即便我们不知道崔郊这一生到底经历了什么，但好在能通过留下的一首诗找到些许蛛丝马迹，还原出当年的故事，而那些"还原"其实都带着自我想象的成分，带着一份属于自己的希冀和渴望。崔郊做到了用一首诗活在了每一个人的心中，谈论起他时，很多人或许会有短暂的空白，会突然想不起这个人是谁，可提起他的诗，很多人都会停下来，把那首歌默默地念，一句接着一句，而后似乎恍然大悟般地感慨，哦，原来是他。

"原来是他"这句话的背后，隐藏着的是我们曾经因为这首诗无数次想象过崔郊原来是一个怎样的人，经历过怎样的故事，当这个人的名字与那首诗对应时，脑海中的想象就全都出现了。

哦，原来是他。

在当下的社会，我经常会单曲循环一首歌，可能是因为那首歌唱出了当下的自己，或者唱出了自己某一刻的心境，让我难以自拔，不断深陷其中。有的时候呢，我也会深陷在某首诗的情境中，仿佛看到了另一个自己，或者另一种人生。

我把这首诗分享给好友，他又迟迟没有回应，他是不是觉得我多管闲事了，又或者他突然意识到自己和崔郊很像，有了感同身受的情绪。一直到第二天下午，我才在微信上收到好友的回复：花了一个夜晚，试图去寻找崔郊的更多资料，大抵是想要寻找与他的情绪共同部分，可是就这样一个人一首诗，再也没有更多了。可惜的是，他的故事是美满的，我在这个结局里找不到渴望的共鸣，我很嫉妒。如果你是我，你是要美满，还是要悲剧？

我陷入沉思，不知道如何回答这个问题，满脑子想的只是，或许一人一诗，本就是崔郊留给历史的最佳姿态。

侯门似海

崔郊唯一一首留在《全唐诗》的诗，究竟讲了一个怎样的故事呢？在我看来，《赠去婢》写的是一个悲伤的，无可奈何的故事。这段数百字可以概括完的经历，被记载在《太平广记》中，是真是假不可考，我始终相信的是，诗中的那份无奈，那份不甘，都是真实的。

唐代元和年间，秀才崔郊借住在姑妈家，居住于汉上（湖北襄樊），当时年纪小，但已显露了不小的才华，奈何家境不好，甚至可以说是一贫如洗。姑妈家有一个婢女，姿容秀丽，善于歌舞，在当地非常出名，是人人皆知的美女。崔郊才气不小，与婢女互生爱恋，彼此相爱。只是，姑妈家也穷，所谓的真爱在贫困家境面前，并没有太大的力量，婢女成了钱财交换的工具，被崔郊的姑妈卖给了襄州司空于頔。

凑巧，于頔也喜欢这个婢女，给了崔郊姑妈一大笔钱。

这段纯真的爱恋看似到了终点，心爱的婢女成了别人的，自己没有任何能力去挽留，幸好，崔郊并不死心，他对婢女念念不忘，经常去到于頔的府邸周围，希望能够偶遇婢女，亲口诉说满腹的思念。

终于，到了寒食节，崔郊在府邸外等到了外出的婢女，两人在柳树下相见，百感交集，涕泪交加。这次短暂的见面，令崔郊的思念愈浓，也令心中那份无可奈何显得尤为不甘心，他想到自己的这一段经历，想到这一段颇为曲折的情感经历，立刻写了一首诗，也就是唯一一首被收录在《全唐诗》里的《赠去婢》。

公子王孙逐后尘，绿珠垂泪滴罗巾。
侯门一入深似海，从此萧郎是路人。

崔郊写这首诗，当时是有感而发，直抒胸臆，不知道他有没有哪一瞬间希望这首诗被于頔看见，或许是有的吧，这是他可能唯一能够挣扎的。幸好的是，于頔真的读到了这首诗，也果不其然地被诗中的情愫感动了，于是召来了崔郊，让他领走婢女，并且大方地赠予万贯，成就了这段难得的姻缘。

崔郊执着的爱恋，于頔的大方相让，都在诗坛成了佳话。

很多人记得崔郊，记得《赠去婢》，肯定不是因为这段佳话的美满结局，美好的东西其实很难被深刻记住，悲剧却不同，像是山谷回音般，不断重复在脑海、心间。读《赠去婢》时，我总是会想起宋朝张俞写的《蚕妇》：

昨日入城市，归来泪满巾。

遍身罗绮者，不是养蚕人。

这首诗，没有在讲爱情，只是简单地讲了一个妇人的心理变化。这个妇人，平日里都住在乡下，以养蚕为生，很少出远门，她对未来抱着很大的希望，她相信只要通过自己的努力，就可以达到生活的圆满状态。可是，妇人昨天到城市里去赶集，顺便出售蚕丝，回到乡下时，她泪流满面，泪水把手巾都浸湿了。

一天之间发生了什么事？原来在城市当中，妇人发现那些全身都穿着美丽的丝绸衣服的人，根本就不是像她这样辛苦劳动的养蚕人。也就是说，她原先抱着的希望，也可以说是信仰，在一瞬间被击破了，而且再难树立。

这种不甘，这种无奈，跟崔郊在《赠去婢》里的情绪是一模一样的，那种不可获得，那种对等级制度差异的无可奈何，那种有余力而心不足的懊悔，实在太相似了。

"侯门似海"在现实当中的经历来看，并不单单指门第，也可以指任何渴望得到而得不到的人和事。而这种感受，现实当中的我们才是感同身受。不知道在面对侯门似海的境况时，我们能不能劝自己保持一颗平常心？

萧郎陌路

一个人，一首诗，两个成语，在任何时刻，都不再显得单薄。

首句"公子王孙逐后尘"，说的是公子王孙竞相在佳人的身后争逐，这突出了什么？通过对"公子王孙"争相追求佳人而突出佳人的美貌，也为之后的情绪埋下伏笔。

次句"绿珠垂泪滴罗巾"意指佳人落泪，泪水湿透了罗巾，表现了佳人深沉的痛苦。佳人为什么痛苦？有了公子王孙的追求，怎么会痛苦？其实，正是追求，才造就了佳人的不幸。

"绿珠"是一个典故的曲折表达。绿珠是谁？原是西晋富豪石崇的宠妾，传说中，她美而艳，善吹笛。古人常说红颜祸水，绿珠不幸也沦为了祸水。赵王伦专权时，他手下的孙秀倚仗权势，指名向石崇索取绿珠，石崇严词拒绝，因此被收入监狱，绿珠也因此坠楼身死。这个典故，一边形容佳人拥有像绿珠一样美丽的容貌，另一边也以绿珠的悲惨命运暗示佳人的不幸。三言两语，看似平淡而客观，却在叙述中巧妙地透露了崔郊对公子王孙的不满，对佳人的爱怜与同情，写得含蓄委婉，不露痕迹。

后两句"一入侯门深似海，从此萧郎是路人"，是在讲佳人一旦嫁入了侯门，就等于掉进了深邃的、幽深的大海，从今往后，即使是昔日的情郎，也变成了不敢相认的陌生人。

"侯门"指的是达官显贵之家。"萧郎"原是指梁武帝萧衍——南朝梁的建立者，萧衍风流多才，后来在诗歌中普遍发展，成为美好的男子或女子爱恋的男子的代名词，诗中的"萧郎"即是崔郊自称。

"侯门似海"比喻的是公子王孙的府邸门庭森严，像大海一样深邃，后来也用来形容与旧时相识的人地位悬殊。"萧郎陌路"比喻的则是女子对曾经爱慕的男子视为路人，形同陌路。

在封建社会里，造成类似崔郊与婢女的爱情悲剧的，上自皇帝，下至权豪势要，仅仅用一个简单的"侯门"概括，实在是再恰当不过了。也正因为如此，"侯门"一词便成了权势之家的代名词。从侯门“深如海”的形象比喻，从“一入”“从此”两个关联词语表达的语气中透露出的深沉绝望，感情被劫夺后的无奈与哀伤，比起那些直露的抒情，更哀感动人，也更能激起读者心中的同情。

其实仔细去读，最后两句“侯门一入深如海，从此萧郎是路人”似乎并没有把矛头明显指向造成崔郊和婢女分离隔绝的“侯门”，表面之意说的是佳人一进侯门，就把自己当成是陌路之人。唯有仔细感受了一二句的铺垫，才能察觉其中的讽刺。

崔郊为什么这样写？一来，符合“赠去婢”的口吻；二来，表达崔护哀怨、痛苦的心情，让整首诗的风格保持一致，突出含蓄、蕴藉的特点。

门第森严，美好的爱情被一拆而两散，崔郊用的是含而不露的笔法，写出心中满满的哀怨，这悲愁如海深，令人读之泪下。

《赠去婢》能安然地排在《全唐诗》里，自有它的底气。悲愁是底气，崔郊的能力也是，诗明明写的是自己的爱人被抢夺的悲哀，却因为崔郊的高度概括，使诗突破了个人悲欢离合的局限，摇身一变，成了反映封建社会里因门第悬殊而造成的爱情悲剧。

含而不露，怨而不怒，才是世间最有力的一击。可惜，好友似乎并没有做到。

崔郊

唐朝诗人

崔郊，生卒年不详，元和（唐宪宗年号806—820）年间秀才，《全唐诗》中仅收录其一首诗，即《赠去婢》。

藏情

顾况

与

《红叶题诗》

〔唐〕顾况

红叶题诗

花落深宫莺亦悲，
上阳宫女断肠时。
君恩不闭东流水，
叶上题诗寄与谁。

一片红叶

曾有人问，一年四季，你最爱什么季节？我的回答是秋天。有人说，秋天草木凋零，让人伤感。但我却认为，秋天是丰盛的，满目金黄，一叶知秋，有着无与伦比的美丽。

想起在北方上大学的时光，校园里最美的风景便是秋天的银杏林，金灿灿的，引人注目。秋风袭来，落叶纷飞，林间一片萧瑟肃杀之意，扫也扫不完的落叶，大概应了诗里那句，“落红不是无情物，化作春泥更护花。”那些落叶本就不需要刻意清扫，季节更迭，落叶归根，来年，自会重生。

秋天也适合往山里走，看红叶满枝头，看漫山遍野的金黄草地，看熟透了的麦田，看一场童话。青山绿水间，秋是一位灵魂画手，她让人间换了颜色。还有那落叶，离开枝头，即便凋零枯败了，它也依然风骨犹存。曾有人拾起它，写尽愁绪和相思。哪怕再过千百年，我们都还是会为一片红叶的故事心动和感怀。站在青翠山林间时，脑海里想的都是，如果是秋天就好了，不知那一棵树，一株草，是否跟我一样，在等待一个秋，在等待一段命中注定的缘分。

人海茫茫，能遇到一个你喜欢而对方也喜欢你的人不容易，能遇到一个愿意和你一起打理平凡生活的人更不容易，人生短短数十载的年华里，若能与一人相识、相知、相爱甚至相守到白头，那一定是有着特别的缘分。

喜欢一个人的时候，我们总是努力寻找和对方身上的相同点，他喜欢看书，我也喜欢；他喜欢看电影，我也喜欢；他喜欢小动物，我也喜欢；他喜欢吃辣，我也喜欢；他不喜欢吃萝卜，我也不喜欢……并默默地把这样的共性，归为缘分，然后心里一阵窃喜，想着自己和对方简直就是天生一对，十分般配。

能让我们相识相遇的当然是缘分，因了这缘分，才有了后来的故事。

“缘分”一词出自佛教的一个宗教概念，但此刻环绕在我脑海里的是两部欧美电影，都是上映很多年的老片子，可每次翻看还是会泪流满面，不同年代有不同的表达爱的方式，但爱的内核永远都是动人的。电影《爱在黎明破晓前》里，男主杰西和女主赛琳娜在火车上相遇，彼此相谈甚欢，本来要奔赴不同的目的地，最终选择了同游维也纳，他们在大街小巷畅谈人生价值观，宇宙观以及爱和性，一起度过了难忘的一天，哪怕第二天终将告别……电影《卡萨布兰卡》里，有一句台词说道，世界上有那么多的城镇，城镇中有那么多的酒馆，她却走进了我的。本是一不小心的偶然，可是目光交会的那一刻，心跳慢了半拍。

世间所有真挚情意，大概都有一段奇妙的开始，可能因为一个眼神，一场交谈，一次帮助……对，还有可能因为一首诗，一首写在红叶上的诗。

第一次看到红叶题诗的故事是在电视剧《东游记》里，古时道家讲“存天理，灭人欲”，在所有神话传说里都在表达，儿女情长在天下苍生面前太渺小了，所以神仙是不能动情的，红尘心思一起，便是劫难的开始。

电视剧里一向清高自傲的东华上仙抄了首情诗在红叶上，“一入深宫里，无由得见春。题诗花叶上，寄与接流人”。一不小心落在被渴望拥抱自由和真爱的小仙女手里，望着那片红叶，她动心了，可是他们又怎么能在一起呢？谁都知道天规戒律森严，爱一个人是藏不住的，他们要在众人面前藏起那份爱意和思念。被王母发现时，她揽下所有罪责，甘愿被贬凡尘，只愿他平安。千百年来都有人在问，她为什么那么爱他？或许从她捡起红叶的那一刻起，月老的红绳就悄悄系上了。

一片红叶，写尽了离愁和思念。《西厢记》里写道，晓来谁染霜林醉？总是离人泪。染了秋霜的枫林，曾点燃了不知多少诗人的灵感。而那遍地如血般嫣红的落叶，是不是在等待有人拾起它，把那段前尘往事讲完。

聊寄思情

唐天宝年间，时值深秋，诗人顾况和几位朋友在宫廷苑囿内游玩，在流水间，远远地，他看到一片红叶飘来，而且红叶上好像还写着字，他顺势从水中捞起，仔细一看，红叶上写了一首小诗：

一入深宫里，年年不见春。
聊题一片叶，寄与有情人。

顾况读完这首诗，感慨万千。他知道一定是某位宫女寂寞难耐，用一片红叶聊寄心绪。一入宫门深似海，那道围墙内，不知锁了多少年轻的可人儿，也不知锁了多少向往自由的灵魂。

念及此，第二天，顾况来到宫墙外流水的上游，也抛下了一片红叶，他在红叶上也刻了一首诗，默默地希望这片红叶能顺水流入宫墙内，而他写下的这首诗即是流传千古的《红叶题诗》，诗曰：

花落深宫莺亦悲，上阳宫女断肠时。
君恩不闭东流水，叶上题诗寄予谁。

顾况以花喻人，表达了对深宫女子命运的同情，那样年轻的生命，却只能囿于深宫中，他见犹怜。其实，在那个时代，这就是大多数女子的宿命。不是困于深宫，便是困于闺阁。对宫廷女子的怜惜，不止顾况有过，很多诗人都写过。张祜曾在《宫词》中写道："故国三千里，深宫二十年。一声何满子，双泪落君前。"元稹在《行宫》中说："寥落古行宫，宫花寂寞红。白头宫女在，闲坐说玄宗。"从缕缕青丝到满头白发，她们是被岁月荒芜的人儿，多么无可奈何，多么可悲。

上阳宫是唐高宗李治迁都洛阳时修建的，上元年间，唐高宗一直在那里处理朝政，后来，武则天退位后，一直住在上阳宫中。唐玄宗也常在上阳宫中处理朝政和举办宴会。"安史之乱"时，上阳宫被严重破坏。洛水穿宫而过，秋天的红叶也就顺着沟渠从上阳宫穿行而过，王建曾在诗里写道："上阳花木不曾秋，

开元年间，朝廷体恤边关将士，想要给他们缝制一批御寒的冬衣，从而召集了宫中众多宫女帮忙缝制。一位宫女在衣服上题了一首诗，诗曰：

沙场征戍客，寒苦若为眠。
战袍经手作，知落阿谁边。
蓄意多添线，含情更著绵。
今生已过也，结取后生缘。

诗里行间，寄托了宫女的一份感激和善心。如今天下太平，都是边关将士换来的，边关是苦寒之地，环境恶劣，唯有多添一些针线，希望能帮他度过寒冬。边缝也在边想，不知道收到她这件冬衣的人是谁，真想见见他呀，不过怕是今生无望了，但有这件冬衣在，他们便有着丝丝绕绕的连接，或许来世便能相逢。

读罢这首诗的士兵，感动莫名，他将此事告知了元帅，元帅做主，向唐玄宗汇报了此事。

唐玄宗也是重情之人，他发话找遍六宫，也要把作诗的宫女找出来，他明确下诏：有作者勿隐，吾不罪汝。有了这样的天子之言后，有一宫女承认了诗是她写的。唐玄宗“深悯之”，下旨让他二人成亲了，并且还说道：“朕为汝结今生缘。”宫女和士兵自然感激涕零，美好姻缘不用等来世。

这或许就是所谓的“爱有天意”吧，美好的爱情，冥冥中自有主宰。千百年过去，“红叶题诗”“衣上题诗”的故事成了很多人的爱情信仰，我们都渴望拥抱这样的感情，不用刻意寻找，不用苦苦追逐，不用着急，对的人会在对的时间出现，我们也能拥有这样的天赐良缘。

关于“红叶题诗”的故事，还有一则。

唐僖宗年间，一个深秋的傍晚，考生于祐落榜了，此情此景，心里甚是凄凉沮丧。他落寞地在皇城外散步，走到御沟边时，无意间拾到了一片题诗的红叶。诗里写道：

流水何太急，深宫尽日闲。

殷勤谢红叶，好去到人间。

于祐大为感动，当即便写了一首诗，以做回应。他的诗里是这样说的：

曾闻叶上题红怨，叶上题诗寄阿谁？

流水无情何太急，红叶有意两心知。

写完之后，他小心翼翼地把红叶带回了家，满心渴盼着自己可以像顾况和士兵那般幸运，能够等到一份回应。不幸的是，直到离开洛阳，他都没能等到。他也没再参加科举，入世太艰难了，为了谋生，他到河中贵人韩泳家，做了个教书先生。

景福元年天下大旱，节俭之风突起，唐昭宗为了做示范，遣散宫女三千人。其中有一个韩姓宫女叫韩翠苹，被遣散后无家可归，于是寄住到远房亲戚韩泳家中。韩泳看着翠苹和于祐二人，默默地给他俩牵了线。

韩泳跟于祐说："帝禁宫人三千余得罪，使各适人，有韩夫人者，吾同姓，久在宫，今出禁庭来居吾舍。子今未娶，年又逾壮，困苦一身，无所成就，孤身独处，吾甚怜汝。今韩夫人箧中不下千缗，本良家女，年才三十，姿色甚丽，吾言之使聘子，何如？"

于祐时年三十一岁，虽然心里一直还牵挂着那位"红叶题诗"的宫女，但那终究是一场梦吧。自己年纪也不小了，在韩泳的撮合下，于祐答应了这门亲事。

婚后，夫妻俩琴瑟和鸣，恩恩爱爱。

有一天，翠苹无意间在于祐的书房发现了那片他珍藏多年的红叶，她十分惊奇，那可是当年自己放走的一片红叶，她问于祐是如何得到的。

于祐坦然相告，翠苹也取出了自己的那片红叶，墨迹犹存，恰巧就是于祐当年答复的那片。

翠苹还说，当日拾得于祐题诗的那片红叶后，也回了首诗，不过，她没有把它放入御沟，她写道：

独步天沟岸，临流得叶时。
此情谁会得，肠断一联诗。

两人喜极而泣，感叹原来姻缘天定。

有一天，韩泳宴请他们夫妻俩吃饭，席上开玩笑说："子二人今日可谢媒人也！"

夫妻俩相视一笑，翠苹说道："吾为佑之合乃天也，非媒氏之力也。"

韩泳问其缘由，翠苹写诗回应道：

一联佳句题流水，十载幽思满素怀。
今日却成鸾凤友，方知红叶是良媒。

从最初的红叶题诗到最后佳偶天成，他们跨过了十年光阴。若真是有缘人，自然不惧风雨，也不惧时光。

回到人间

姻缘天注定，人间有真情。

有人说，自唐以后，很多人都学会了用红叶题诗来传情。其实这也符合东方人的特性，爱你在心口难开，表白的话无法当面讲述，要通过书信或诗歌来传递。

我爱你的呈现远不止于这三个字，不止于世界上千万种语言的表达。它往往体现在生活的琐碎日常中，那些活在爱里的时刻大概是：无论我身在何处，我的心里都有一个你。有一句话说，我爱这世界，因为我爱你。以前觉得平平的景致，有了爱的增持，多了几分美。看到一处好风景，忍不住拍照发给你，说一句，天气很好，风景很美；站在烟火缭绕，人声鼎沸的街头，抬头望见随夜幕缓缓升起的那轮圆月时，想要跟你说一句，今晚月色真美；吃到好吃的食物时，也想着下次见面时，要煮给你吃；看电视时，明明是跟自己无关的人和事，兜兜转转都会想起我和你……

那一份用每件小事包裹起来的“我爱你”的心意，不知对方是否能收到。

古时的一片红叶就能牵连起两人的缘分，可能到今时今日，我们做遍所有蠢笨傻的事，对方都毫无知觉。要隐藏自己的心和感情都不难，不过是一次次小心翼翼和不断试探的行为，难的是能否被对方读懂和接受。

爱可能始于一份悸动，但终究要接受生活的洗礼。那些说着婚姻是爱情的坟墓的人，终究是没法过好当下的。每一份佳偶天成，后来的故事都要回到人间，一起吃吃喝喝，玩玩闹闹，互相包容，互相体谅，在所有争吵之后，只要彼此的一句问候，都还是会觉得对方是这个世界上自己最爱的人。

爱恐怕是这个世界上最难的功课了，但不要因为难，就逃避，要去体验它的美好，也要去承受它带来的痛苦。我们不一定能拥抱心中想要的爱，不一定能跟自己最爱的人在一起，那就别忘了，好好珍惜和自己在一起的人。

无论如何，希望你有好姻缘，希望你永远活在爱里。

顾况

唐朝诗人

顾况(约725年—约814年),字逋翁,号华阳真逸,晚年自号悲翁,苏州海盐恒山人(今在浙江海宁境内)。

唐肃宗至德二年进士,善为歌诗,工画山水。曾任校书郎、著作郎等职。晚年隐居茅山,“炼金拜斗,身轻如羽”。

著有《华阳集》二十卷有三卷辑入《四库全书》。《全唐诗》编录其诗四卷。

破碎

戴复古

与

《木兰花慢·莺
啼啼不尽》

〔宋〕戴复古

木兰花慢·莺啼啼不尽

莺啼啼不尽，
任燕语，语难通。
这一点闲愁，十年不断，恼乱春风。
重来故人不见，
但依然、杨柳小楼东。
记得同题粉壁，而今壁破无踪。
兰皋新涨绿溶溶。
流恨落花红。
念着破春衫，当时送别，灯下裁缝。
相思谩然自苦，
算云烟、过眼总成空。
落日楚天无际，凭栏目送飞鸿。

误终生

初见戴复古时，他就站在父亲的身边，她偷偷瞄了一眼，仪表堂堂，衣衫齐整，可脸上却是一副怀才不遇，郁郁不得志的神情。而父亲是一脸笑意，嘴角咧开，声音昂扬："这是陆游的学生戴复古。"

一眼，从此误了终生。

戴复古就在府上住了下来，她日日夜夜都会看到他的身影，听到他的声音，可他看起来并不开心，整日愁眉苦脸地坐着，仿佛内心有未解的愁绪。不禁在想，他之前究竟经历了什么样的生活，心情如此低落?真想走上前去抚平他脸上的愁绪，真想走进他的心间看看令他神伤的是什么事。

这一想，梦就成了真。

父亲站在跟前，眉开眼笑："女儿，戴复古是一个书生，气质不俗，才高八斗。虽然，他有点儿穷，但念在他出生穷苦，想必会比骄纵的公子哥更疼你，况且，他读了这么多圣贤书，自然也懂得知恩图报……"话听到这，内心就已经漾开了花，期待地看着父亲的脸，等待着下一句令自己如愿的话语。

"女儿，你是否愿意嫁给他？"

提起这门婚事，戴复古的脸上只闪过一丝不知意味的表情，不知内心是否正在为难与挣扎。她却不同，瞬间变得眉开眼笑，一直对着父亲鞠躬作揖，言表感谢。

婚后，是琴瑟和鸣的二人世界。

幼时读过的书，与戴复古提起，都能得到共鸣，甚至是更深的感悟。陆游的学生果然名不虚传，戴复古的才华极高，天赋异禀，刚刚成年时就卷起了包袱，读万卷书、行万里路，一路游历、拜师，年纪虽轻，却已声名远扬。

最被熟悉的，是戴复古在一次游历当中，想出了一副令人拍案叫绝的对联。话说，他走着走着，突然抬头，只见夕阳的余光照在一座座山峰上，峰峦叠嶂的景象，呈现出美丽而梦幻的画面。

灵机一动，戴复古想出上联："夕阳山外山。"行走几步，却苦苦思不出合适的下联。日思夜想，终于在一次梦醒后得出了下联:“尘世梦中梦。”

这是一个巧妙的下联,人活在尘世当中,本就像是一场梦,可人在梦中又做梦,确为“梦中梦”。

不过,戴复古自己并不满意,他还是在思索更巧妙的下联。直到一场春雨下过,太阳刚出,戴复古经过一个小山村,听到山间的河水在一条条纵横交错的小溪中“哗哗哗”地流,他灵机一动,想出下联:“春水渡傍渡。”

“春水渡傍渡。”他反复念叨着,脑海当中呈现了幼时见过的乡村小溪,的确如此,这下联着实巧妙。看着面前认真读书的戴复古,她内心的爱慕又更深了一层,父亲的眼光极佳,父亲安排的婚事颇令人满意。

在幸福美好的日子里,时间显得短暂至极,转眼间,三年的时光已过。细数过往的细节,仿佛每一天都在与同一人相伴,聊聊诗书,叙叙家常,却从不觉得无聊,也不觉得单调,内心希望往后的日日夜夜都如此。

看着上门女婿戴复古对女儿疼爱有加,父亲对自己促成的婚事极为满意,想着往后等自己年迈,无力操劳,就把家中殷实的财富全部留给他。

谁都未能想到,这看似平静如水、甜甜蜜蜜的生活下竟藏着随时涌动的暗流,时刻都会掀起一场巨大的浪潮,颠覆之前所有的美好。

那一日，天气晴朗，风和日丽，戴复古一脸平静地走进书房，冷冷地丢下一句话："我必须走了。"

"什么？"父亲颇为震惊。

"我必须走了。对不起，在老家，我已娶妻生子。"

这是戴复古在父亲跟前说的最后一句话，无论父亲暴跳如雷，抑或决绝相逼，至此，他不再开口，就连打点行装、喝酒饯行，也是一言不发。

她在闺房，眼泪"哗啦啦"地流，也曾想跪在戴复古的跟前，苦苦哀求他念在这三年的夫妻感情，不走。只是，留得住一时，留得住以后吗？今日一跪，往后还要跪吗？既心意已决，何苦相逼呢？

强扭的瓜不甜，就让往日"你侬我侬"的回忆和爱恋随风而去吧。

多断肠

在成年时，戴复古曾登山寻找陆游，拜他为师。

提起陆游，声名远扬，众人皆知，他的人生绕不过"两大遗憾"：一是临死也在挂念北伐收复家国，"王师北定中原日，家祭无忘告乃翁”；二是失去了挚爱唐琬，“一怀愁绪，几年离索。错、错、错”。在八十四岁那一年，再次写诗悼念唐琬，而正是这一份长达五十年的痴情，令陆游成为感天动地的“痴情人”。

可是，师从陆游的学生戴复古，只学到了学识，并没有学到那份痴情，甚至十分薄情：不管妻儿，自己外出闯荡，江湖复杂，奋斗并没有换来足够的名利，在四处游荡时，被一位富翁看中，希望他做上门女婿。

戴复古没有拒绝，甜甜蜜蜜地过了两三年的潇洒日子，却又突然反悔，直言自己已经娶过妻子，现在要离开这儿了。说这话时，风轻云淡，仿佛在说听来的故事似的，而在这段关系中，最痛苦、最令人心疼的，是那位被无故抛弃的女子，原以为嫁一人托付了终身，到头来，却没有任何名分，甚至，连一个妾都算不上。

小女子站在这尴尬的位置上，不知所措。哭也哭了，求也求了，都无济于事，她擦干了眼泪，忽而冷静了下来，平静得好像什么事情都没有发生过似的。面对暴怒的父亲，她温婉地安慰；面对心意已决的戴复古，她平静如水，替戴复古收拾好归去的行李，并在花园张罗着摆了一桌酒席，为之饯行。

小女子读过书，自古多才的女子性情也多半刚烈。她知道，决心要走的人，即便用尽所有计策，也是挽留不住的，即便能留住人，也留不住远走的心。

“闻君有两意，故来相决绝。”小女子不肯放手，却只能放手，她只能赌一赌，绝望地赌一赌，这是一生当中唯一的赌。饯别席上，她一挥笔，作了一首诀别词《祝英台近·惜多才》：

惜多才，怜薄命，无计可留汝。揉碎花笺，忍写断肠句。道旁杨柳依依，千丝万缕，抵不住、一分愁绪。

如何诉。便教缘尽今生，此身已轻许。捉月盟言，不是梦中语。后回君若重来，不相忘处，把杯酒、浇奴坟土。

这是一首诀别词，是一首明白如话、情意深切的诀别词，是一个女子为留下心爱的男子，用自己的生命做的最后的赌注，是一个女子绝望背后的最后期冀。

相识本就是一场悲剧。三年多的相伴，最后却被一句实话硬生生打破。在分别之际，小女子也始终承认戴复古是一个富有才华的人，当初虽是父亲中意的人，并且自作主张安排的婚姻，却难得自己也心生欢喜，婚后更是动了心，爱得不可自拔。可如今看来，这究竟是幸还是更大的不幸？

又有谁能想到，那个与自己拜堂成亲的男子，居然已经结过婚了。这一消息，犹如五雷轰顶，纵然使出千方百计，怕也是无法挽留一个男子决意离开的心。

自古分别多断肠。展开花笺，提起笔，想写一封诀别信，可这令人肝肠寸断的诀别词怎么忍心写得出？花笺揉碎再展开，再揉碎，再展开，再揉碎，最后揉碎的，揉碎的，哪里只是花笺，更是那颗爱恋的心啊。

诀别再痛苦，诀别的信再不忍心下笔，分别却是眼前不争的事实。

少年时，读《诗经·采薇》，读到“昔我往矣，杨柳依依”，被诗人用乐景写哀情的方法逗笑，痛苦就是痛苦，何必要假作欢乐呢？小女子心中的愁绪已比柳丝多上千万倍，缱绻柔情与无限悲伤渐渐高涨，已经将我的心淹没。

时至今日，要从何说起呢？又有什么可说呢？今生今世，夫妻的缘分，在这一刻要从此终结了。我应该责怪谁呢？怪戴复古不够真诚吗？不，当初是父亲把我轻率地许配给他啊；怪父亲的自作主张吗？不，读过那么多书，依旧逃脱不了小女子的柔情。

可是，即便逃脱，又能改变什么呢？

脑海当中，只剩下回忆的甜甜蜜蜜，戴复古在新婚之夜曾说：“只要你喜欢，连天上的月亮，我都能摘下来送给你。”说这话时，是三年之前，可三年一过，曾经的美好怎么就成了一场梦呢，当初的誓言就变成了荡然无存的谎言呢？

想到这，小女子的内心又经历了一次绝望，留不住心爱之人，不能与心爱之人厮守到老，便不想要在这个世界上苟活。临死之前，唯有一愿："此后经年，如果你没有忘记我，那我在九泉之下，也可以瞑目了。唯一的、仅有的要求，是希望你来看我的时候，可以在我的坟头洒一杯酒。"

看完这首诀别词，得知了小女子赴死的决心，看着眼前善良、宽容、坚贞、刚烈的，深爱自己的小女子，戴复古放下了酒杯，挥了挥衣袖，面不改色，还是绝情地走了。

爱已走，小女子亦不停留，面对清池，举身一赴。

情之所钟，高于生命，震撼人心，越是如此，越显得戴复古薄情处处。

几时休

这一份薄情，究竟来自何处呢？

出生时，父亲戴敏才的名声已经远播在外，他一生写了不少诗，像是《赋小园》，像是"人行踯躅江边路"，在东南诗坛上颇有名誉。除诗之外，戴敏才别无他念，终生"以诗自适，不肯作举子业，终穷而不悔"，临死之前，唯一放心不下的就是诗的衣钵无人传承。

那时，戴复古还小。过了数年，长大了，竟也如他父亲戴敏才一般，对诗痴迷，想来九泉之下的戴敏才也没什么遗憾了。两人不同的，大概是戴复古江湖漂泊的经历，没能做到父亲期待的“不追求功名利禄，宁愿布衣终身”。

成年之时，摆在戴复古面前的有三条路：或者完全继承父亲的衣钵，沉溺在诗当中，终生吟诗，把富贵功名抛到九霄云外；或者拜师学势，而后仗剑出游，一举成名；又或出走江湖，读万卷书，行万里路。

少年戴复古，野心并不小，他先是拜陆游为师，待学成之后，满怀信心地仗剑出走江湖，漫游的第一站是到京城临安，渴望一举成名。

可是，越是抱着强烈的渴望，等到最后，内心获得的失望就越大。

现实生活总是过于残酷。当时正是山河破碎的南宋王朝，诗人为谒客者，已是“什百为群”，无数人苟且求存，尽管戴复古才华出众，还有着一腔忠心报国的男儿热血，可在这灯红酒绿、纸醉金迷的小朝廷里，就连辛弃疾和陆游这样的诗人都被闲置了，更何况戴复古这个无名小卒呢？

就这样在临安耗了好几年的时间，戴复古对当前的局势大失所望，提笔写下充满爱国情怀的《毗陵天庆观画龙自题姑苏羽士李怀仁醉笔诗呈》：

姑苏道士天酒星，醉笔写出双龙形。
墨迹从横夺造化，蜿蜒满壁令人惊。
一龙翻身出云表，口吞八极沧溟小。
手弄宝珠珠欲飞，握入掌中拳五爪。
一龙排山山为开，头角与石争崔嵬。
波涛怒起接云气，不向九霄行雨来。
万物焦枯天作旱，两雄壁隐宁非懒。
真龙不用只画图，猛拍栏干寄三叹。

成名无望，戴复古出走临安，恰在此时，宋金的边衅已起，国土破碎在即，他决定向北而行，奔赴前线。官途之路走不通，只能另择路径，希望在战争当中成为一名幕僚，为国出力。

可惜，戴复古不曾想过，自己会亲眼看到金兵分九路南下伐宋，直破真州、云梦，又入侵滁州淮河一带，战火在前，中原不断失地，南宋子民遭遇痛苦，民不聊生，他愤而兴起，写下许多爱国诗篇，最令人震撼的，是一首《频酌淮河水》：

有客游濠梁，频酌淮河水。

东南水多咸，不如此水美。

春风吹绿波，郁郁中原气。

莫向北岸汲，中有英雄泪。

戴复古原本渴望衣锦还乡，可是在外漂泊整整十余年了，他却好像只是做了一场梦，梦已经醒了，他要回家了。

拼搏终是辛苦的。江湖是独立于仕途与隐逸之外的第三条路，标榜“身在江湖，心存魏阙”的文人戴复古，一次次表达“天下兴亡、匹夫有责”的决心，其实也是在安慰自己难平的意志。

田园，是避难所，在戴复古最难熬之时，他毅然决然回到了家乡。只是，物是人非事事休，结发妻子不幸病死，两个儿子由亲戚抚养，已认不得自己，悲从心起：“求名求利两茫茫，千里归来赋悼亡。”

这痛哭流涕，感动了无数人，人人以为戴复古从此收心，再也不会离开故土。可，没过多久，戴复古又跑了，这一跑就是整整二十年。故乡再美，也敌不过五湖四海的自由。

这二十年之中，戴复古又亲身经历了一场山河破碎。

隆兴元年，戴复古尚未出生。宋孝宗主持北伐，进据宿州州治符离，金纥石烈志宁率军反攻，宋军败入城中。南宋败局已定，幸而金国内部政变，分身乏术，暂时无力南下侵宋。这是攻金的关键时期，奈何南宋朝廷一心苟安，无心北伐，“西湖歌舞几时休”。此后数十年，边界平和，没有战事，南宋朝廷心生欢喜，继续沉溺于歌舞淫乐当中。而历史重演，也是早晚的事。

多年之后，戴复古在行走江湖，无时无刻不会想起这段历史，内心里惦记着抗金复国大业，他偶遇一座高峰，居高临下，望着南宋的江山，万千感慨，挥笔写下《柳梢青·岳阳楼》：

袖剑飞吟。洞庭青草，秋水深深。万顷波光，岳阳楼上，一快披襟。

不须携酒登临。问有酒、何人共斟？变尽人间，君山一点，自古如今。

国难当头，愁绪难免，而行走江湖，疲惫难免，思家难免，戴复古只好借助手中的笔，书写内心的辛酸血泪，有一首《思家》：

湖海三年客，妻孥四壁居。
饥寒应不免，疾病又何如。
日夜思归切，平生作计疏。
愁来仍酒醒，不忍读家书。

也有一首《怀家三首(其一)》:

三年寄百书，几书到我屋。

昨夜梦中归，及见老妻哭。

说到底,戴复古就是放不下,走不完的江湖,回得去的家。于是,戴复古又回了家,原以为会择一屋,享受儿子供养,直到终老。可,谁能想到的,戴复古在七十多岁的时候,第三次流窜出去,游山玩水,呼朋唤友,日日以诗文唱和,不亦乐乎。回首人生,往事一幕幕,仿佛一场场梦。

戴复古,始终还是江湖之人。

空余恨

张枣有一首诗叫《镜中》,诗中有这样一句,“只要想起一生中后悔的事,梅花就落满了南山”。每个人的心中都有遗憾,而最为遗憾的是,那些落满南山的“梅花”在时过境迁后,一点点消失在眼前,连再看一眼的机会都不再有了。

过往的所有经历,只空余恨。

戴复古的人生,极其矛盾,想要一举成名,不行;渴望成为战争幕僚，也不行；最后只好行走江湖，却又常常思家。人生的矛盾，让感情生活也显得矛盾。

嫁娶之年，戴复古结婚生子，可又不甘于柴米油盐，于是不顾妻儿生活，毅然行走江湖。行走江湖数年，心生疲惫，忽而在一念之间，忘记了置留家乡的妻子与儿子，没有拒绝成为富贵人家的上门女婿。

舒服的日子才过了三年，戴复古突然又反悔了自己当初的决定，是他思乡情切，还是日子越美好，良心越受责备？又或者，行走江湖的心重新燃起，他再不愿意过这平静如水的日子了？斯人已去，不得而知。

纵观戴复古的一生，随心所欲惯了。

戴复古在游荡时，答应了那门婚事，或许是因为富翁的欣赏满足了他的虚荣心，又或是富翁的女儿笑得很动人，也有可能是他飘荡得累了，不愿意再走了。同样，离开时也没有计较得失，可能眼前的一切已经不是自己想象中的生活了，就义无反顾地走了。

这一走，就是整整十年。

十年后，归家而返的戴复古旧地重游，又来到那位已逝妻子的家中，回忆涌上心头。奈何，此时已是人去楼空，物是人非。犹记当年，二人甜蜜地在墙壁上题诗，但现在，人去物亡，眼前只剩下残垣破壁，题的诗也已剥落殆尽，也消失得无影无踪了。

思念甚浓，戴复古肝肠寸断，写了一首《木兰花慢·莺啼啼不尽》：

莺啼啼不尽，任燕语，语难通。这一点闲愁，十年不断，恼乱春风。重来故人不见，但依然，杨柳小楼东。记得同题粉壁，而今壁破无踪。

兰皋新涨绿溶溶。流恨落花红。念着破春衫，当时送别，灯下裁缝。相思谩然自苦，算云烟，过眼总成空。落日楚天无际，凭栏目送飞鸿。

当初不再，梅落南山，空余恨。

哀思再多，痛悼再多，只恨戴复古处处薄情。

戴复古

南宋诗人

戴复古(1167年—约1248年),字式之,常居南塘石屏山,故自号石屏、石屏樵隐,天台黄岩(今属浙江台州)人,南宋著名江湖诗派诗人。

曾从陆游学诗,作品受晚唐诗风影响,兼具江西诗派风格。部分作品抒发爱国思想,反映人民疾苦,具有现实意义。晚年总结诗歌创作经验,以诗体写成《论诗十绝》。一生不仕,浪游江湖,后归家隐居,卒年八十余。著有《石屏诗集》《石屏词》《石屏新语》。

初见

朱彝尊

与

《忆少年·飞花时节》

〔清〕朱彝尊

忆少年·飞花时节

飞花时节，
垂杨巷陌，
东风庭院。
重帘尚如昔，
但窥帘人远。
叶底歌莺梁上燕，
一声声伴人幽怨。
相思了无益，
悔当初相见。

爱而不得

有一段时间，我很喜欢芬兰，是因为一部电影——孔侑主演的《男与女》。

在芬兰，男女主角相遇，直面自己的欲望，并且深深相爱。在某一瞬间，我觉得白雪皑皑的芬兰不仅仅是欲望的象征，更是美好的映射。

只是，欲望和美好都是短暂的。

这份爱情在开始的时候就不会为世人接受，男女主角先后离开芬兰，回到了韩国，回归到原本正常的生活。

芬兰这个国家的影子在眼前远去了，韩国的本土气息迎面扑来，很多事情突然变了，欲望要努力去克制，美好也不能够再拥有。

印象最深的一幕，是男主角来到女主角的店面门口，隔着一条街，他遥遥地望着熟悉的身影，内心渴望向前一步，但理智告诉他不行，他在克制。

突然想起之前电影《后会无期》里的一句台词——“喜欢就会放肆，但爱就是克制”。

隐藏在克制之下的是爱吧？是的。

在电影的最后，男女主角又不约而同地回到了芬兰——他们相遇的城市，在这个“欲望之都”，不可否认的是，他们有尝试过放下克制，放下理智，直面内心深处的欲望，只是，芬兰的漫地白雪始终不曾褪去，世界好像不曾有过任何改变，谁也不知道，甚至不在意他们内心的挣扎，于是，他们终于扔掉了那份对欲望和美好的渴望，归之平淡。

那一刻，我突然意识到隐秘在克制之下的，更多的是爱而不得。

爱而不得，有时候是人不和，但更多的时候是天不时。

听过身边的很多人在深夜时刻感慨“在对的时间遇到对的人，多么重要”，我之前是听一听，笑一笑，仿佛在听一个无聊的笑话，但在看完《男与女》之后，我真正意识到“对的时间”指的是什么，指的是在两个人深深相爱时，时间刚好能让我们不顾一切地走在一起，时间刚好能让我们没有任何顾虑地走过余生，时间刚好能让我们拥有充足的安全感。

只是，“爱的人”很多时候能够遇到，而“对的时间”却很难得，以至于那些自认为是“真爱”的彼此，哀怨地恨着时间，恨着世界，最后大抵也会恨着彼此吧，为什么不早一点出现？

这是“爱而不得”的悲哀与无可奈何。

深陷于此的人多吗？

多。

《男与女》里的男女主角是，现实生活中的很多朋友也是，距离当今生活遥远的诗人朱彝尊也是。

面对“爱而不得”时，这些人的做法是什么？

电影《男与女》里，男女主角在“欲望之都”芬兰收起彼此的欲望，收起对美好的渴望，忘记“爱”；现实中的很多朋友，大多会在酒后借着醉意向无关紧要的人一吐为快，等酒醒后，却誓死不认自己的失态；而诗人朱彝尊也难逃失意的下场，将“不得”的落寞写进只言片语的诗里，透过悠悠的历史，一点一点渗透进岁月的角落里。

阅书无数

朱彝尊的生平，我其实并不了解，但他因为太喜欢读书，而被康熙皇帝降了职的故事，却是令我印象深刻。

毕竟，谁能想到，在崇尚“万般皆下品，惟有读书高”的清朝，一个人如果喜欢读书，肯定是人见人爱，可朱彝尊为什么这么“倒霉”呢？

朱彝尊，浙江嘉兴人，生于明崇祯二年（1629年），清朝顶级的大学问家。

归结他的一生，大抵是好学不倦，嗜书成癖，只要知道了或者看到了好书，就会用尽各种各样的手段找来读。

康熙十七年，朱彝尊已经年过半百，他参加博学宏词科考试，当时的相国冯溥在看完他的答卷后，不禁称赞其为奇才，而正因为此，之后的仕途，朱彝尊一路高歌，在短短的时间里，瞬间到了凤池栖。

康熙二十二年，朱彝尊入植南书房，成了人人钦羡的康熙的“行走”。为了表达对人才的重视，康熙为朱彝尊在景山的东侧安排了一栋“专家楼”，供他研究，供他阅读。

在进入皇宫之前，相较于旁人，朱彝尊已经读了半辈子的书，读了无数的书，可走进了皇宫，阅书无数的朱彝尊却还是像《红楼梦》里的刘姥姥刚进大观园一样，看着琳琅满目的书籍，不知从何看起，当然，他自然是心花怒放。

面对藏书特别丰富的皇帝，朱彝尊有过羡慕，有过嫉妒，但他也清楚地知道，珍惜眼前看书的机会才是最重要的。

当然，面对好书，真正热爱读书的人不仅仅想要把它藏在脑子里，更想把它摆在自己的案几上，触手可得，这也是很多人拥有“购书癖”的原因。

朱彝尊想拥有这些书，尽管他的记忆力特别好，基本上看一遍就能背下来，可背下来的书并不真正属于自己，那些书只能束之高阁，是属于皇帝的宝藏，于是，朱彝尊想到了“偷”。当然，朱彝尊的人品很好，偷是不可能的，他想到了一个好办法——抄。

在南书房上班，是一个绝好的机会。

朱彝尊喊了一个楷书写得特别好的人——王纶者，进到南书房，帮他抄书。

当时，朱彝尊正奉命编纂《瀛洲道古录》。编书是一个好差事，全国各地都会进贡特别多的秘书典籍，不费吹灰之力即可阅读，朱彝尊就借助着职位之便，让王纶者一一抄录下来，然后偷偷拿回家收藏。

究其行为的根本，是抄书，不是偷书，况且抄的还是“主旋律”思想的书，又不是反动的禁书，就算不值得鼓励，至少也不需要被打压吧，更谈不上处分了吧？

只是，出乎所有人意料的是，朱彝尊抄书的事情被人检举了，康熙知道后，非常愤怒，连交付“有司”的程度都省去了，直接自己颁布了处分结果：降一级，逐出南书房。

古代最不缺少的其实是遭遇贬谪的人，而被贬谪的原因是各种各样的，有的人因为渎职，有的人因为腐败，有的人则因为忠言抗辩，像朱彝尊这种因为抄书而遭到降职的人，大概是前无古人后无来者，绝无此有吧？

因此，当时的很多人为朱彝尊的降职起了一个名称：美贬。不过，我其实并不理解这个词语的含义，是“美丽的贬谪”与“美好的处分”，还是“对美丽的贬谪”与“对美好的处分”呢？

幸好的是，朱彝尊本人并没有把“降职”看成是丑事一桩，他非但没有哭哭啼啼，眼泪兮兮的，反而手舞足蹈，显得美滋滋的，他认为从此之后，“自此光阴归己有”了。不难看出，他很爱读自己喜欢的书，写自己喜欢的诗，几乎是“夺侬七品官，写我万卷书”。

可能正因为如此，认识他的人也并不觉得这次被贬是一件坏事，毕竟一贬，就贬出了一个“读书写作”的好美差，不仅贬得光荣，还贬得心情愉悦，与“美贬”也勉强沾得上边吧。

“美贬”是朱彝尊读书而发生的一个佳话，而“雅赚”的典故，则更体现了他爱读书的个性，更令人欣赏。

清朝初期，钱谦益的族孙钱遵王的家中拥有丰富的藏书，他写了一本《读书敏求记》，内容都是他读了宋朝元朝的六百多种秘籍而写出的。毫不夸张地说，钱遵王也是一个读书人，他信奉的信条——书与老婆概不外借，也从一个方面衬托出他也是一个爱书之人。

朱彝尊到江南参加典试时，听说了钱遵王有一些奇书，于是就低声下气，低眉顺眼地跑去求他给自己看一看，但钱遵王谨遵自己的信条，断然拒绝了。

爱而不得，朱彝尊恨得牙痒痒。

于是明修栈道，暗度陈仓，又使用了多年前在南书房使用过的方法，花了一大笔钱，在秦淮河畔定了好几张桌子，向钱遵王送去一张请柬，邀他来吃喝玩乐。

请柬一来，钱遵王就欣然前往了，为什么？当时众人心知肚明，一旦去了秦淮河畔，就等于享受着吃饭、喝酒、按摩，甚至卡拉OK等一条龙服务的品质生活，谁不愿意去呢？钱遵王也不能免俗，跑去玩了个通宵。

这时候，朱彝尊用数十金和一件青鼠裘衣以贿赂，买通了钱遵王的管书小奴。

于是，当钱遵王在秦淮河畔喝得不省人事时，十多个抄书的高手秘密涌进了钱遵王的书房。这些高手抄书的速度很快，还不到半夜，就把钱遵王秘不示人的秘密抄得差不多了。

后来，等钱遵王带着一身酒气和胭脂气味回到家时，发现自己的藏书已经被抄得一字不漏了，这才捶胸顿足，懊悔相信世界上有免费的午餐，毕竟吃了一桌酒，就失去了自己独有的藏书，亏大了！

我其实很佩服朱彝尊，自古以来，人们信奉"书中自有黄金屋，书中自有颜如玉"，但无非是把读书当成一种工具，让自己能够升官能够发财，而朱彝尊呢？反其道而行之，把"黄金屋"当成了一种工具，千金散尽，只是为了能够多读书，读好书。

常有人散尽千金，但很多是为买官，也有不少是为买色。

那些在官场中钻营的人，那些在青楼里徘徊的人，一旦遭贬，或者一旦失恋，就痛不欲生。

诗仙李白算是活得高雅的人，花千金只为买酒，而像朱彝尊那样为了买书的，从古至今又有几个呢？像朱彝尊那样的为了抄一本书丢掉官职，丢了之后还整天乐呵呵，多少年来，几乎空前绝后。

康熙三十一年，朱彝尊彻底从朝廷辞职，放弃了仕途上的发展，回到了自己的家乡，专门修了一座曝书亭，只为收藏书。据统计，曝书亭收录的书籍多达八万多卷，朱彝尊每天都徜徉在曝书亭里，心满意足，安然一生。

终生不忘

阅书无数，生活的理智尚能存，但面对爱，任何人，包括朱彝尊在内，都很有可能，甚至一定会失去控制。

康熙四十七年，八十卷的《曝书亭集》完稿，其中包括赋一卷、诗二十二卷、词七卷、文五十卷、附录《叶儿乐府》一卷，另附其子昆田《笛渔小稿》四卷。

在撰写的过程中，朱彝尊每天删减、补增、校对，不知疲惫，这一生的奋斗成果，倾注了他的全部心血。

《曝书亭集》是集大成者，但其中有一首诗《风怀二百韵》备受争议，朋友好心地劝朱彝尊删了，在几个夜晚的辗转反侧、夜夜失眠过后，他终于下定决心，斩钉截铁地说："宁可不入祀孔庙，也绝不删《风怀二百韵》。"入祀孔庙，对于朱彝尊这样的经学大儒而言，是一种无上的光荣，为了一首诗，宁愿舍弃这对一生学行的肯定，可见他对这首诗的珍视。

《风怀二百韵》写了一段不被社会礼法所容纳的爱情悲剧，而主人公正是朱彝尊和他妻子的妹妹冯寿常。

十七岁时，朱彝尊入赘冯家，而当时冯寿常不过十岁，美丽而单纯。

成为一家人后，两人经常见面，朱彝尊的目光总是不自觉地停留在冯寿常的身上，不过，当时的怜爱与欣赏多于男女之情，在词《清平乐·齐心藕意》中可窥一二。

齐心藕意，下九同嬉戏。两翅蝉云梳未起，一十二三年纪。

春愁不上眉山，日长慵倚雕阑。走近蔷薇架底，生擒蝴蝶花间。

只是，岁月在流逝，年纪在增长，冯寿常从一派天真，不知烦恼为何物，变得愈发美丽，也多了些许韵味，文学方面也不落后，知书识字，喜欢作诗。朱彝尊一天天地看着面前的姑娘慢慢长大，那么美丽，那么聪颖，看着看着，眼光从此就再难移开了，最初的怜爱不见了，变成了对一个女人的渴望和爱慕。

而冯寿常呢？她对姐夫是否有不一样的感情呢？《生查子》给出了答案。

刺绣在深闺，总是愁滋味。方便借人看，不把帘垂地。
弱线手频挑，碧绿青红异。若遣绣鸳鸯，但绣鸳鸯睡。

冯寿常十分调皮可爱，她不喜欢女红，一刺绣就发愁，真要绣鸳鸯，就绣一对睡着了的鸳鸯。

在调皮的背后，也隐藏着骚动的情愫，长年待在深闺，却不把窗帘垂在地上，只是为了“方便借人看”。借与谁人看？自然是她的姐夫朱彝尊。

两情相悦，互相爱慕，看上去多么令人羡慕的感情，却不能携手走到最后，也不能相守。

顺治十年，冯寿常刚十九岁便出嫁了，从此，使君有妇，罗敷有夫，相伴终老的梦彻底碎了。

顺治十五年，朱彝尊从岭南返回家乡，携全家迁回到梅里生活。

此时，他已经是三个孩子的父亲了，只是而立之年却未曾立下功业，穷得只剩下一箱书，可这时的他却写出了充满喜悦之情的《鹊桥仙·十一月八日》。

一箱书卷，一盘茶磨，移住早梅花下。全家刚上五湖舟，恰添了个人如画。

月弦新直，霜花乍紧，兰桨中流徐打，寒威不到小蓬窗，渐坐近越罗裙衩。

意气风发从何而来？

原来是出嫁的冯寿常归宁在家，凑巧一同迁往梅里。与自己朝思暮想的姑娘坐在同一条船上，即便是隔着世俗，不敢透露半分情绪，而只能挨着她坐一坐，也心满意足。

如若不相见，感情或许能被一直压抑；可一旦见了，内心的情愫岂藏得住？聚少离多的生活，短暂相守却又受制于礼法，迟迟天涯，备受煎熬。情浓爱深，却爱而不得，本已自尝苦果，不料，谣言四起，言论纷纷，冯寿常再也承受不住了。

康熙六年，冯寿常三十三岁，因忧病而死。

朱彝尊赶到家时，未能见到最后一面，顿时肝肠寸断，痛定思痛。爱如此深，并不仅仅是因为相知相爱的点点滴滴，更是因为在朱彝尊怀才不遇、潦倒奔波时，妻子都不曾理解，但冯寿常理解，而且不顾一切地爱着他，如今的灵魂伴侣芳魂已杳，思念与恩爱如潮水般涌来。

在对的时间遇到对的人，是缘分，也是运气，如果两者皆无，大抵只能任由命运将自己的爱情胡乱摆放，而自己连挣扎和拒绝的能力都没有。

故地重游

《风怀二百韵》固能让人感受到一个男人对一个女子的珍

重、追忆和刻骨铭心的爱恋，而《忆少年·飞花时节》则表达了作者故地重游却爱而不见的相思之苦，更为沉重，更为令人心碎。

飞花时节，垂杨巷陌，东风庭院。重帘尚如昔，但窥帘人远。

叶底歌莺梁上燕，一声声伴人幽怨。相思了无益，悔当初相见。

上片的三个四字句，简洁地点出了庭院深深、春意盎然的景色特点，无声出意境，为寻找恋人做铺垫。

“飞花时节，垂杨巷陌，东风庭院”三个四字句交代了自己重访旧地的时间、地点及道路情况，是在暮春时分，是春风吹拂、柳絮飞舞的季节，朱彝尊走过一条小路来到心上人居住过的庭院，小路两旁种有垂柳。

“重帘尚如昔，但窥帘人远”说的是朱彝尊站在熟悉的庭院里，看到一层层的窗帘还像过去那样悬垂着，只是，却再也见不到熟悉的心上人了。“尚”字笔意轻快，“但”字一转折，反衬了渴望与无望的对比，孤独感和失落感油然而生。只字未提“情”，却直直地透着一股哀怨之意。

下片是紧承着“窥帘人远”的现状而发，引发了心中的无限感慨，更深一步地抒发了自己的失落与孤独。

“叶底歌莺梁上燕，一声声伴人幽怨”是借欢乐的莺声燕语反衬自己的“幽怨”。站在庭院之中，正怅然若失，林间忽然传来了黄莺的鸣叫声，随声望去，燕子正在梁间呢喃，这本该是一派赏心悦目的春色，只是这春色越浓，莺燕的鸣叫越欢快，内心的郁结越深，感受到的幽怨也就更浓。

这三句中最关键的字是“伴”，由景及情，只是，那些不曾有过亲身经历的人很难体会这种“伴人幽怨”的“陌生化”的强烈感情。

上片无声，借景抒情；下片有声，直接抒情。

“相思了无益，悔当初相见”，采用的是直白的语言，直接透露自己的心境。朱彝尊言悔，在于他爱过深，思过苦，而后悔则是他寻找到的在经历过煎熬的感情之后一种可以自我解脱的方法，如果当时没有遇见过，或许就不会这般痛苦。

而越想解脱，才能证明越心痛。

情绪终于到了最高点，只是，我发现故事的高潮过后，剩下的是无止境的落寞。

之后，我也慢慢发现，爱而不得的悲剧几乎每天都在上演，电影《男与女》的故事，不止在芬兰发生，在世界的各个角落都有发生。

而与其沉浸在爱而不得的后悔中，还不如竭尽全力去突破天不利的困境，奋力争取到属于自己的爱情与人生。

朱彝尊

清代词人

朱彝尊（1629年—1709年），清代词人、学者、藏书家。字锡鬯，号竹垞，又号醧舫，晚号小长芦钓鱼师，又号金风亭长。浙江秀水（今浙江嘉兴）人。

博通经史，诗与王士祯称南北两大宗（“南朱北王”）；作词风格清丽，为“浙西词派”的创始人，与陈维崧并称“朱陈”；精于金石文史，购藏古籍图书不遗余力，为清初著名藏书家之一。

参加修纂《明史》。著有《经义考》《日下旧闻》《曝书亭集》。选辑《明诗综》。

最爱

林逋

与

《长相思·吴山青》

（宋）林逋

长相思·吴山青

吴山青，
越山青，
两岸青山相对迎，
谁知离别情？
君泪盈，
妾泪盈，
罗带同心结未成，
江边潮已平。

墓藏情

一个人，一座墓，一段未知的情。

没有人会想到，西湖孤山上颇具盛名的林和靖墓近乎是一座空墓。

世人不会，那两个乔装打扮后在暗黑的夜里冒险而去的盗墓者也不曾想过。

众人所传，那明明是一场盛大的葬礼。

天圣六年，六十一岁的林逋的生命走到尽头。因一生无妻无子，是他的侄子朝散大夫林彰和盈州令林彬念叔叔终身孤寂，匆匆忙忙赶到杭州，为他风风光光地办一场了丧礼，尽了在这世上最后的礼数。

林逋故去的消息传到宋仁宗赵祯的耳朵里，宋仁宗一时悲起，哀叹不止，赐谥“和靖先生”，葬在孤山。

在宋朝，并不是所有文学家都会有这样的待遇，林逋的地位和名声可见一斑。

一死，却没有从此安生，在不同王朝交替之际，林逋的坟墓没有逃过那一场祸事。

故事要追溯到两宋交替期间，为了躲避女真人的侵略和追击，康王赵构携整个宋室南渡，一路从淮河到长江，再到杭州。

于是，杭州摇身一变，从此成了帝都。

宋室下令在西湖孤山上修建皇家寺庙，而山上原本存在的住宅、田地、坟墓等完全迁出，可偏偏就留下了林逋的坟墓，这是祸事的起源。

而后，南宋灭亡，皇家寺庙因其生前的富贵成了众人眼红之处，连同林逋之墓也是如此。

一个暗黑的夜，寒风凛冽，有备而来的盗墓者伺机而动，趁着夜深人静之时，齐力挖开了宋朝文学家林逋风光下葬的坟墓，可是他们费尽心力，挖得满头大汗，却没有得到想象中的金银珠宝，只见到一方端砚和一支玉簪。

端砚，是文房四宝之一，也是林逋生前自用的心爱之物，带进墓中，合情合理，毕竟林逋自幼好学，是宋朝著名的文学家。可，这支玉簪，又是何意呢？

盗墓者怎么也想不明白，一个"以梅为妻，以鹤为子"的终生未娶的男子，为什么要在自己为数不多的陪葬品当中放一支女人才会用的玉簪？

天马上要亮了，此时定然会有人陆续经过，盗墓者看着坟墓里这两样单薄的东西，左右为难，是顺手拿走，让林逋的墓从此空荡荡只剩下他自己的灵魂，还是空手而归，让死去的林逋与心爱之物相伴往后？

最后，盗墓者失落地走了。

盗墓者在一次酒后无意间吐露了这段盗墓的经历。

话传话，故事经过口耳相传被传到了世世代代的市井之中，那些敬佩林逋的仰慕者开始好奇，甚至不断猜测：这支玉簪的主人是谁？是谁打动了林逋闲适的心，从而成了林逋朝夕思慕的"佳人"？

不负众望，后人翻阅了《全宋词》，发现了一个秘密：在《全宋词》中，林逋的词被收录了三首。

两首一如他平时的隐逸派作为，歌咏梅花和春草，一首是《点绛唇·题草》，另一首则是最出名的赞赏梅花的《山园小梅》。

众芳摇落独暄妍，占尽风情向小园。疏影横斜水清浅，暗香浮动月黄昏。

霜禽欲下先偷眼，粉蝶如知合断魂。幸有微吟可相狎，不须檀板共金樽。

除了这两首，剩下的一首竟然是一首恋爱词《长相思·吴山青》。

没有人想到，“终生不仕不娶，惟喜植梅养鹤”的林逋居然会以一个女子的口吻，写下了这一首令人肝肠寸断的诀别词：

吴山青，越山青，两岸青山相对迎，谁知离别情？

君泪盈，妾泪盈，罗带同心结未成，江边潮已平。

词意不难理解，一个痛苦的女子与相爱的人分别站在钱塘江的北岸和南岸，两两相对，隔着一条江，互相呼应，双双哭泣。看着面前平静如水的钱塘江，要把感情注入这茫茫江水，不再泛起涟漪。

连同盗墓者在内的后人们，都好奇这是林逋的想象，还是借一个女子的口吻，别有寄托，或者是他的亲身经历？

如果没有切身的情感经历，没有真的爱过、念过、相思过、分离过，又怎么可能写出这样缠绵悱恻的词作？

答案不得而知，但这个发现却留给了世人理解林逋的线索：这位特立独行，寄情梅鹤度余生，仿佛从不为世事纷扰的大名士，竟有这般痴情，痴情到一生只爱一人，除此之外，谁也不要，痴情到连死后也要与爱日夜相伴。

心自栖

后人对林逋最深的印象，绕不过“隐逸”二字。

967年，林逋出生于浙江钱塘。柳永在《望海潮·东南形胜》里写：“东南形胜，江吴都会，钱塘自古繁华。”钱塘，是一个繁华之城，柳永、白居易迷上这里，苏轼、杨万里也深爱这里，都曾在钱塘留下足迹。

而出生距离繁华之地不过咫尺的林逋，却偏偏不爱繁华，从未踏入钱塘半步。

林逋自幼勤奋刻苦，饱读诗书，尤其爱读古人之书，因而精通经史百家。

一个徜徉在书籍之中的人，往往显得与致力于在官场摸爬滚打的人格外不同，他人成群结队地举办诗词沙龙，他人积极地结交权贵，唯有林逋，被映衬得不够合群，他独自看书，自甘贫困，自给自足。

虽然在外人看来，林逋似乎与周围的环境格格不入，但他渴望保全这份美好，唯一能做的选择是主动疏离主流社会，主动隔断与世俗之间千丝万缕的联系，于是决定终身不做应试之举，才过中年，就隐居孤山。

人虽在孤山，但名声远播在外。

宋真宗赵恒一直知道林逋的名气，多次专程派人前往孤山，邀请他去东宫担任太子伴读。

这是一份天底下所有读书人都梦寐以求的美差，但林逋却婉拒了天子的盛情。

朋友不解，好奇问他，他说："荣显，虚名也；供职，危事也；怎及两峰尊严而耸列，一湖澄碧而画中。"

这句话很简单，说的是荣耀不过虚名，虚名当前，在官场供职是一件很危险的事，这些怎么比得上两座在湖边耸立的山峰，怎么比得上山水相合，犹如一幅清新的风景画？

禁得住诱惑，已经不是常人所能及的事。而在孤山隐居数十年，远离世俗，却把日子过得有姿有色，就连苛刻至极的"圣人"朱熹，都对他佩服得五体投地，称"宋亡，而此人不亡，为国朝三百年间第一人"！

在孤山上隐居的日子，林逋的确将日子过得有声有色。

很多时候，隐逸，是一种生活态度，也是一种生活方式。

孤山，在遇到林逋之前，就有不小的名气。唐代诗人白居易曾经写："孤山寺北贾亭西，水面初平云脚低。"比这更早的，是在隋朝："人间蓬莱是孤山，有梅花处好凭栏。"

孤山，是一座岛屿，西湖最大的岛屿。

孤山风景秀丽，碧波荡漾；亭台楼阁，掩映错落；梅花遍布，寒香远播，令人心神往之，也难怪包括林逋在内的文人会深爱这里。从此，林逋隐居于孤山，创造了一个"世外桃源"。

据记载，林逋的家，有一个小院子，围墙是用土墙筑成。

院子里，有几株梅花，寒冬之际，香气阵阵，两只硕大的仙鹤，终年在庭院里悠游漫步，琴瑟和鸣。

唐代诗人刘禹锡在《陋室铭》中写："谈笑有鸿儒，往来无白丁。可以调素琴，阅金经。无丝竹之乱耳，无案牍之劳形……"这用来形容林逋的小院子也不为过，苏轼、欧阳修、范仲淹、梅尧臣等文学大家时常登门做客，谈论诗文；偶尔也来一些名僧，讲佛悟道，其乐融融。

这古朴小院，虽只有梅花和仙鹤，却是文人雅士争相聚集之地。

而林逋的生活，则更令人钦羡。

下雨的日子，林逋坐在小院子里喝茶、吟诗，自得其乐；等到天气晴了，林逋就驾着小舟，顺水出行，偶尔欣赏西湖的美丽风光，偶尔进入深山中，用心采药，偶尔又出入名寺古刹，寻道悟佛。

不巧的是，小院子此时迎来了拜访的客人，林逋却不在家，难道要败兴而归？

"别走。"一位童子打开门，把客人请进，稍坐一会儿，随即打开鹤笼，放鹤远去。

不久，林逋必定乘着小船归来。等林逋系好小船的绳子，一转身，就会看到两只仙鹤落在船头，一路与主人亲亲热热，相伴而回。

在孤山隐居的数十年，正是那一院的梅花，和两只通人性的仙鹤，一直默默地陪伴着林逋，慰藉着他日长的寂寥。

林逋死后，这两只仙鹤在他的墓前徘徊不去，直到悲鸣而死，而小院子里的那些梅树，二度开花，仿佛是为了悼念。这虽只是一个传说，却让人深信不疑。

不禁，又想起那首收录在《全宋词》的《山园小梅》。

这首词，在众多咏叹梅花的诗词当中脱颖而出，是因为林逋没有泛泛地描写梅花，而是写了月下之梅、水边之梅；是因为林逋尽管写了月下之梅、水边之梅，却没有写梅花的容色和姿态，而是另辟蹊径，写了梅花在水中的倒影。

最妙的是一句“暗香浮动月黄昏”，“暗香”二字写梅花的香味仿佛有仿佛无，随着风就来了，而“浮动”二字则写了梅花的香气悠然传来，柔情缠绵。

林逋，在孤山的日子，把“隐逸”之意践行得淋漓尽致。

情存心

后人羡慕的，是林逋在孤山隐居的日子，认真地活着，用心品味着自然，品味着四季，用诗词记录下生活的每个片段。

隐者林逋，诗人林逋，他的天地和视野，仿佛只剩下西湖。流传后世的三百多首诗作当中，大多数都是描写西湖孤山一带的美景，以及他在孤山上朴素闲适的山林生活：栖身孤山脚下，泛舟西湖之上，与梅树相伴，与仙鹤为伍。

诗句无数，每一首都体现了林逋高雅隐逸的志趣，也使后人触摸到他那一颗慵懒悠闲、孤独出尘的心。

有一首，是写了巾子峰幽静淡远情致的《水亭秋日偶书》：

巾子峰头乌臼树，微霜未落已先红。

凭阑高看复低看，半在石池波影中。

有一首，是写了夏日纳凉情趣的《郊园避暑》：

柴门鲜人事，氛垢颇相忘。
爱彼林间静，复兹池上凉。
托心时散帙，迟客复携觞。
况有陶篱趣，归禽语夕阳。

有一首，是写了无限惆怅凄凉之秋思的《宿洞霄宫》：

秋山不可尽，秋思亦无垠。
碧涧流红叶，青林点白云。
凉阴一鸟下，落日乱蝉分。
此夜芭蕉雨，何人枕上闻。

这一首首的诗，都是林逋在游山玩水之余，用心品味着自然而写的，而这些词句，无一不透露着，他平日里最喜欢的，不过就是在大自然里悠然寻乐，或者寻访附近的寺庙高僧，在晨钟暮鼓中与他们探讨人生精深的学问。

在来往之中，林逋与和尚"端上人"相识，志趣相投，他有感而发，写了一首《孤山寺端上人房写望》：

底处凭阑思眇然，孤山塔后阁西偏。
阴沉画轴林间寺，零落棋枰葑上田。
秋景有时飞独鸟，夕阳无事起寒烟。
迟留更爱吾庐近，只待重来看雪天。

情感并不浓郁，笔调素淡，不过是林逋站在孤山寺端上人的房间里，原本聊天兴致正浓，不曾想一眼望向了窗外，看到夕阳西下，秋景荡人，不禁诗兴大发，句句恬淡，充满了对隐居生活的眷恋。

身居其中，更爱其景。

"阴沉画轴林间寺，零落棋枰葑上田"两句传了又传，后人广泛仿效，文同化"画轴"为己用，写"秋田沟垅如棋局"；黄庭坚化用"棋枰"，写"田似围棋据一枰"，可见其美。

在许许多多的隐逸诗里，最能表现林逋的隐逸志趣和淡泊情怀的，是那首《小隐自题》：

竹树绕吾庐，清深趣有余。

鹤闲临水久，蜂懒采花疏。

酒病妨开卷，春阴入荷锄。

尝怜古图画，多半写樵渔。

诗如此，词虽仅存三首，却也不甘逊色，《点绛唇·金谷年年》堪为咏物词中的一绝。

金谷年年，乱生春色谁为主？余花落处，满地和烟雨。

又是离歌，一阕长亭暮。王孙去，萋萋无数，南北东西路。

春草，是古人咏叹之物，实则感怀伤事。

自古以来，以芳草喻离愁的诗词数不胜数，楚国屈原，以“香草美人”自喻，为的是表达对君主的忠诚，以及为江山社稷肝脑涂地的决心；唐代李煜写过“离恨恰如春草，更行更远还生”，汉乐府里有“青青河畔草，绵绵思远道”，白居易写过“又送王孙去，萋萋满别情”，真是无处不生的春草，真是无处不在的离情！

而林逋的词，不见一个“草”字，却真诚地融入了自己的离愁别恨，又没有把时局的波澜壮阔呈现在众人面前，似乎刻意把沉重的感情减轻一分，越是刻意，越是让人联想到芳草萋萋。

隐居，本是一件任性而为的事，没有任何目的。林逋饮酒、读书，荷锄、劳作，都是在遵循自己的内心，仿佛只是为了得到某种天趣。

也正是这后人羡之，后人也仰之的隐居之实，才让林逋那一首孤单的爱恋词《长相思·吴山青》显得更为难得和可贵。

究竟是谁，让不问世事的林逋暂时脱离恬静生活，而深陷爱恋当中，不可自拔？究竟是谁，让与世无争的林逋借一个小女子之口，诉说衷肠？

爱难忘

林逋生在钱塘，他一生未能离开钱塘，《长相思·吴山青》也不能，词里的景象更不能。

吴山在钱塘江的北岸，越山在钱塘江的南岸，常年青翠，千百年来，永远相望，却也永远相伴，从未分开过的，如何理解离别的痛苦呢？况且，自古以来，诀别都在江边，吴山和越山世世代代看过无数迎来送往的离别场面，看惯了人间的悲欢离合，早已麻木。一对在江边诀别的小情侣，它们不在意，也理解不了。

林逋生于自然，深知自然的无情，深谙其道，为何借一个小女子之口抱怨吴山和越山的无情与冷酷，不解离人之恨呢？

是太恨了吗？是因有恨而失去了理智吗？人间实在残酷，心心相印的恋人不能执手相伴，只能在无情的江边挥手告别。

可，无情的，究竟是江边，还是分隔在两岸的人？

中国是一个有着五千年悠久历史的文明古国，在漫长的演化过程中逐渐形成了许多风俗习惯，其中凝聚着历代人民对美好事物的向往和追求，可是，在当时的社会，美好的另一面，是面临的不公平。

令人愤愤不平的是流传千百年的恋爱和婚姻习俗。统治者对于婚姻的过多干涉、一夫多妻的不合理制度、门当户对的门第观都体现了社会的不平等。

汉武帝时，出兵大漠征伐匈奴，战争耗时许久，劳民伤财，不能持久，只能另想对策。

为了斩断匈奴的后援，汉武帝派遣江都王刘建之女细君公主与乌孙王和亲。谁都知，乌孙王早已年迈，而且语言不通，细君公主为此整日悲愁，在孤寂的后宫日日哭唱："吾家嫁我兮天一方，远托异国兮乌孙王。穹庐为室兮旃为墙，以肉为食兮酪为浆。居常土思兮心内伤，愿为黄鹄兮归故乡！"

汉武帝听闻此歌，心生伤感，心生悲悯。

可是，民族和平当头，一个女子的幸福只能被无情牺牲，他命人送去些帷帐、锦绣等生活用品，可这些，哪能缓解一个女子的思国之情和思家之怜？

在当时，众人皆知：婚姻，是政治上的结盟手段，也是政治斗争的工具。

后来，乌孙王年老，希望细君公主下嫁给乌孙王的孙子。

细君公主自然不愿，上书哀求，但汉武帝不应，希望细君公主遵循乌孙王的命令，毕竟汉朝要与乌孙联合完成歼灭匈奴的大业。

这是在王朝之内，平民百姓也难逃其中。

在当时，适龄男女的通婚范围都有着严格的等级限制。

天子家族只能与诸侯国王室通婚；而诸侯国王族的婚姻也只能在不同姓的诸侯国王族中缔结；名门大姓为了保住显贵的门第，只在名门大姓中互相为婚；就连平民百姓，也得讲究门第等级，非要门当户对。

林逋笔下的小女子，也躲不过这场制度的祸事。

在茫茫人海，小女子遇到了心爱之人，彼此心生爱慕。

在古代，男女定情时会用丝绸带打成一个心形的结，也就是“同心结”。可是，爱情生活横遭不幸，一股强大的力量将相爱的人生生拆开，“结未成”。于是，难成眷属的二人只能带着各自心头的创伤，挥泪而别。

一别过后，哀怨四起：正是这不公道的恋爱和婚姻习俗，才会造成不公的悲剧。

这是小女子的哭诉，却也是林逋的心声。

回头细听这首恋爱词，林逋格外用了世间民歌当中常见的复沓形式，两个“青”，两个“盈”，一唱三叹，藏着小女子的似水柔情和对相爱之人的一往情深，语言虽然直白，却藏着深远的意蕴，打动了无数人。

动人的背后，藏着的是一个传说。

相传，在林逋年轻的时候，曾经爱过一个富贵之家的女子，二人意趣相投，聊诗词歌赋，聊里外人生，好不惬意。

可，生在封建时代，有着严格的婚姻制度，富贵之家的女子只有嫁与另一户富贵之家。

于是，两情相悦的二人被无情地拆散。

本以为，会天各一方，择另一人相伴终生，而曾经深爱的人成为心底抹不去的朱砂痣，时刻思念。

谁能想到，那位富贵之家的女子性格刚烈，既然有生之年不能与相爱之人厮守到老，不如结束生命去往另一个世界等待重逢，于是殉情而亡。

听闻消息，林逋痛不欲生，在往后的许多年，想到爱人为情献身，也誓终身不婚。

时代如此，自古如此，恋爱总是磕磕绊绊，两个相爱的人，始终“两两相对，以泪话别”。

林逋

宋代文学家

林逋(967年—1028年),字君复,后人称为和靖先生、林和靖,奉化人,北宋著名隐逸诗人。

幼时刻苦好学,通晓经史百家。书载性孤高自好,喜恬淡,勿趋荣利。长大后,曾漫游江淮间,后隐居杭州西湖,结庐孤山。常驾小舟遍游西湖诸寺庙,与高僧诗友相往还。每逢客至,叫门童子纵鹤放飞,林逋见鹤必棹舟归来。作诗随就随弃,从不留存。天圣六年卒,宋仁宗赐谥"和靖"。

林逋隐居西湖孤山,终生不仕不娶,唯喜植梅养鹤,自谓"以梅为妻,以鹤为子",人称"梅妻鹤子"。

来生

乐婉

与

《卜算子·答施》

卜算子·答施

（宋）乐婉

相思似海深，
旧事如天远。
泪滴千千万万行，
更使人、愁肠断。
要见无因见，
拚了终难拚。
若是前生未有缘，
待重结、来生愿。

一人心

杭州，自古以来，颇具盛名。

这座被誉为“人间天堂”的城市，灵秀富庶，人杰地灵，不知出了多少佳人才子，留下了太多动人的传说，引得无数人驻足停留。可千百年来，时光荏苒，很多足迹都已经被慢慢稀释消融了。过去的人，过去的事，经由一代代口耳的传述，只留一个模糊的倩影。

时间追溯到八百多年前，宋朝年间，杭州当时还不叫杭州，它是偏安一隅的临安，也是南宋都城。

自有记忆以来，乐婉就生活在临安，生活在熙攘街道上的一座茶楼里，以卖艺为生。

纵情声色，一直是古代文人士大夫所钟爱的。自唐代以来，临安就有了好几家固定的任众人享受声乐的娱乐场所，那时叫瓦舍勾栏。王子皇孙、文人墨客都喜欢流连其中，即便是为歌妓们填词，也是风雅艺术之事。到了宋代，文人和歌妓，一写一唱的搭配就更完美了。

宋词源远流长，流传至今，据说有很大一部分原因是文人和歌妓共同推进的，唱和之间，记忆深刻。街边多的是些不识字的老人和小孩，虽不能吟诗作词，但都会听，听着听着就会唱了，就是这样一曲接一曲地传唱，让越来越多的人认识了诗歌词曲。

乐婉长相不俗，会自己写诗词，也会唱很多曲，才艺十分出众，深受王子皇孙、文人墨客的喜爱，一曲终了，常常是在众人的称赞声里离开舞台的，好不满足。回到休息的房间后，她经常独自坐在窗边，看街道上人来人往，车水马龙，传入耳朵的还有众多商贩在街边用心的叫卖声，青楼画舫，茶楼酒肆，处处蔓延着浓浓的人间烟火气。

白天，众人簇拥，街市繁华，乐婉不感觉寂寞，可到了晚上，人去楼空，夜深街静，她心底的落寞、孤寂和空荡就像山间涌出的泉水，源源不断。乐婉没有父母，也没有兄弟姐妹，至少她是没有见过。可能是因为家里太穷，根本养不活小孩，自己就被无情丢弃了；也可能是朝廷变迁，城中爆发战乱，不小心走散了。

唯一的亲人是一个阿婆，那是她自有记忆以来就在身边的。小时候，听阿婆说，她是在村头遇到乐婉的，那时乐婉哭得很厉害，仿佛已经饿了好多天，阿婆看到，见这姑娘眉清目秀，温婉好看，心一善，就把乐婉带回家了。

可惜的是，亲人的温暖不曾感受多时，阿婆也早早因病去世了。如今，这世上就真的只剩下她孤零零一个人了。

回想起阿婆刚去世的那几年，乐婉的日子过得确实很艰难，生活开支全靠阿婆留下的一点银子。幸好，日子虽然艰难，孤身一人的乐婉并没有自寻短见，慢慢都挺过来了。

阿婆在世时，常常跟她说，人在江湖中活着，必然会失去一些东西，但不要轻易放弃，尤其是女子，一定要坚强勇敢，多去历练，多去感受。

归根结底，乐婉坚毅地活着，无非就一句，她对这个世界还存有满满的期望。

乐婉的期望，其实跟世间大多女子渴盼的是一样的。世间的女子，最想要的不就是美好的爱情吗？愿得一人心，白首不相离。乐婉也是如此，与世间千千万万的女子一样，渴望一份真挚的爱情，渴望一份心动的爱恋，渴望一份温柔的关照。

不过，乐婉的身份太特殊了，来到烟花风尘之地，不管她多么洁身自好，始终也逃不掉别人龌龊肮脏的秽语。

为此，她自卑过，绝望过，但她知道，一个人的出生是无法更改的，为了谋生，她不得不以卖艺为生。幸好，在精神世界里，她葆有最纯真美好的初心，她绝对比很多人都要高洁强韧，她决心挥其才，扬其志。

说到爱情，其实乐婉一直以来，都不缺追求者，那些人也都还不赖，也有达官贵人，也有真心待她的，只要她点头，她就能离开这风尘之地，过上安逸、富足的生活。可惜，她都回绝了，因为她还在等。

等一个什么样的人呢？她也说不清。她每天见的人都不少，有高挑俊美的，有伶牙俐齿的，有生动有趣的……可惜就是没有一个人的出现能让她怦然心动，从此抽不开眼来的。倔强的她只能继续等。

真如阿婆所言，要勇敢，要坚持。最终，乐婉她等到了。可令人感到意外的是，那个她坚定选择的人是一个无名小卒。在众人眼里，这个男人远远配不上她，但是她就这样执着地选择了他，这或许就是所谓的真爱吧。

历史对这个无名小卒，也不够友好，只能透过些许资料，知道那个男人姓施，叫什么，还有待考究。书籍的记载也乱七八糟，有说他在打一份酒监的工，所以，后人都只叫他施酒监；也有说，他的名字就是酒监。

恋爱是很美好的，恋爱也充满了魔力，会让人越陷越深。

和世间坠入爱河的男女一样，乐婉和施酒监也一起度过了人生当中一段非常快乐幸福的时光，这样的日子，他们还能日复一日地缠绵下去。

一相逢

一个官僚，一个歌妓，一段情。

很快，乐婉和一个籍籍无名的小伙子在一起的事，街头巷尾都传遍了。众人都很好奇，施酒监的魅力在何处，乐婉她究竟看上他什么？

殊不知，爱一个人本来就没有任何理由，但只要他一走，你对他的想念就没办法停下来，而即便在一起，他也是你一直想念的人。

乐婉永远不会忘记第一次见到施酒监时的场景。

那是一个盛大的节日，茶楼酒肆，人声鼎沸，歌声在梁间回荡。乐婉穿着一袭红色长裙，妆容绝美，人衣相映红。双眸间有盈盈秋波，眉宇间有淡淡山横，带着浅浅的笑意，在台上唱了好几曲，跳了好几支舞，很多歌妓在一旁起舞助兴，裙裾飞扬。

台下男子在推杯换盏间谈论诗文，茶楼之中的所有人都尽情畅怀。

乐婉被众人吆喝着，她走到了人群中，站到施酒监的旁边。平日里，乐婉见过太多无礼之徒，身在这种地方，也是无可奈何。可，施酒监却迅速让开了足够的空间，谦谦君子，有理有节。

乐婉的心里瞬间燃起了阵阵好感，正想开口跟施酒监问个好，话卡在喉咙，一个男子突然高喊道："今天兴致高，大家行个酒令可好？"乐婉望了施酒监一眼，也应允了。

乐婉担任录事，手里拿着刚刚某位官人送的荷花，语出一曲《卜算子·我有一枝花》：

我有一枝花，斟我些儿酒。唯愿花心似我心，岁岁长相守。

满满泛金杯，重把花来嗅。不愿花枝在我旁，付与他人手。

古代的行酒令，玩法多种多样。这一次，他们的玩法是，众人要根据乐婉说的话，做出相应的动作，一旦有人动作迟缓了，就要罚酒了。

好几轮下来，乐婉一直在默默帮衬施酒监，她知道他不是轻佻之辈，忽而，乐婉一转身，和施酒监四目相对了，她看到施酒监眼里充满了感激之情。

一男子突然对着施酒监问道:"众花中,你最中意哪一朵?"施酒监抬头看了眼乐婉,嘴角轻扬,缄默不语。

行酒令结束后,众人陆续离开了,施酒监本想停留片刻,却硬生生被身边的朋友拉走了,离开的时候,眼神还在一直望着乐婉的身影。

乐婉自然也察觉到了,回去的路上,即便依旧孤身一人,她的内心第一次没那么空荡荡了,一闭上眼,就想起施酒监。

施酒监又何尝不是呢?

乐婉的身影一直在他脑海里盘桓。后来,施酒监一有时间就会去茶楼,去做什么?当然是去见佳人。不过,虽内心澎湃,可表面始终很平静,不怎么会讲话的样子,在乐婉的印象中,他来了三次,不过一次也没说上话。

其实,施酒监一开口,就会很惊人。

终于,在一次歌舞会后,施酒监和乐婉搭上话了,他望着她,眼里满含柔情,乐婉问:"满堂兮美人,忽独与余兮目成?"

施酒监回道:"一见知君即断肠。"

听到这句,乐婉有点心疼,又有点满足。

还没等她开口,只听施酒监又说道:"有朝一日,我会迎娶你,让你摆脱歌妓的身份。"

听到这话，乐婉的心里像装了蜜，可转念想到自己的身世，对着喜欢的人，突然自卑由心起，轻声回道："感君厚意，奈何身是烟花巷人。"

两人诗词唱和间，从此互通了心意。

她从不怀疑他的真心，不过她实在听过太多薄情、负心的故事了，所以当真爱来临的时候，她有点害怕，不敢往前走。

施酒监察觉到了，急忙抓住她的手，她再次望向他时，看到了让她难以回拒的深情。

她等到了自己的温润君子，这一路走来，属实不易。

乐婉知道，从此以后，她不会是一个人了，他会守在她身边，会珍惜她，会照顾她。

施酒监也的确没有让她失望过，他对她很好。

当然，像乐婉这样的女子，跟谁在一起，都不会惹人厌弃吧，她知书达理，总是给人一种如沐春风的感觉，她不会跟任何人争吵，有什么问题，两个人就坐下来好好沟通，共同生活就是要互相包容谅解的。

闲暇之余，他们一起流连山水间，一起饮酒作乐，一起写词唱曲，就像神仙眷侣，这就是遇到了对的人，拥有了对的爱情。

在彼此的想象中，他们会一起变老，会儿女成群，子孙绕膝，不求大富大贵，只求生死不离，长相守，长相依。

如梦令

可惜，世事难料啊，人世间的遗憾太多了，你的，我的，还有乐婉的。

爱情是一个谜，幸运猜中了开头，但谁又能猜中结局呢？

在度过一段名为“爱情”的美妙时光之后，等待他们的是艰难的抉择。

有一天，施酒监带回来一个对二人的未来并不算好的消息。当然，对施酒监个人而言，是一个不错的消息。他要调动工作了，接受调动，他以后的发展会越来越好；可这也意味着他跟乐婉就没有未来了。

乐婉是不能跟他一起走的，她卖身在青楼，而施酒监并没有那么多钱为她赎身。

皇命不可违，无可奈何，他们只能分开了。

离别之际，施酒监写了一首词《卜算子·赠乐婉》，赠给乐婉留作纪念：

相逢情便深，恨不相逢早。识尽千千万万人，终不似、伊家好。

别你登长道，转更添烦恼。楼外朱楼独倚阑，满目围芳草。

词里，施酒监倾付了自己的满腔深情，任何一个女子看了，都会感动得不能自已吧。

他说，“相逢情便深，恨不相逢早”。其实，这算不得是他的首创，大诗人李白早在之前说过类似的话：“相见情已深，未语可知心。”

施酒监回想起他与乐婉的相见、相识、相爱，确实飞快，一见倾心，好像早就认识的感觉。这种感觉，贾宝玉和林黛玉初见时，也是如此。喜欢是讲不清道不明的，就是收不住心了，一个劲儿想往对方身边靠。

恨不相逢早，此话不假。世间眷侣，分开的总有千千万万的缘由，说得最多的，无非就是有缘无分，遇到得过早、过晚都不行，一定要刚刚好，才能修成正果。

这份别离，或许怨不得任何人，只怪命运作怪吧。两个人都被身份所限，无法挣脱。一个是大宋官员，一个是瓦子勾栏里的歌妓，一个因工作调动不得不离开临安，一个只能困在瓦子勾栏里唱曲。

非要往幸运的方向想，他们的确也是幸运的，毕竟有缘在一起度过了一段最幸福的时光，足够铭记一辈子，总好过他人，遇到了喜欢的人，可惜对方已经有了家室，无处寄托。相比于那些望而却步，不曾在一起过的人来说，他们曾经拥有过，何尝不是命运的眷顾呢？

对施酒监而言，在这场不得不结束的感情里，他自然也是郁闷、痛苦的。如果可以，他也希望继续留在临安工作，继续待在她身边，可皇命在前，他不得不走了。

后一句，"识尽千千万万人，终不似、伊家好"，很感人，但是却很难让人信服。施酒监未必看遍了千千万万人，他见的人一定还没有乐婉见得多。他今日离开临安，保不齐会遇到下一个"乐婉"，会再次坠入爱河，重新续写一段真挚的爱情。可是临安的乐婉呢？

男人的世界太大了，女人的世界似乎永远小得只能装下自己爱的人，世间女子在爱情面前，太天真了，纯粹得让人歆羡。乐婉更是如此，由于长期孤零一人，她比寻常女子更向往纯粹无邪的爱情，可惜她的梦该醒了，没有谁能够只为爱而活，她的爱人施酒监也无法为她放弃大好前程。

短暂的相逢，短暂的欢愉，可能要用一辈子来忘却了，而人生注定是一曲离歌。人海茫茫，也许此生都无法再相见了。

佛语有云：一切有为法，如梦幻泡影，如露亦如电，应作如是观。一切过去已经是过往云烟，如梦一场，不必再深究。往前看，才是美妙人生。

可惜，乐婉被困住了，她是无法忘记，无法向前了。

比海深

施酒监一走，乐婉的心空了，跟过往孤独一人时的寂寞不同，这一次是被生生挖空的。在乐婉心里，顺带着，临安城从此都只是一座空城了。

捧着施酒监的告别赠词，她哭得不能自已。在他离开的前一晚，她一夜未眠，附和了一首《卜算子·答施》：

相思似海深，旧事如天远。泪滴千千万万行，更使人、愁肠断。

要见无因见，拼了终难拼。若是前生未有缘，待重结、来生愿。

这首词字字诛心，分别的痛苦，临别的伤心，全都跃然纸上。乐婉似乎把自己一生的爱都给出去了，可能以后她都不会再爱了。

诀别词一写，过往的回忆紧接着涌上了心头。在临别之际，乐婉想起了她跟施酒监相识、相爱的往事，还没分别，可是这份相思啊，比海还要深，而那份往事，仿佛已经遥远得在天边。这是夸张吗？不是，是一个女子心间全部的相思！

“相思似海”一说，唐朝的李冶也有过相关的表达：“人道海水深，不抵相思半。”白居易也曾言：“相恨不如潮有信，相思始觉海非深。”海水之深，深不见底，深邃万分，乐婉对施酒监的深情由此可见一斑。

一想到别离，乐婉根本无法控制自己的眼泪，千千万万行，怕是一辈子的眼泪都流干了吧。施酒监哭了吗？不得而知，贾宝玉曾说，女儿是水做的骨肉，一般女子都比男子要感性敏感啊。

在乐婉的心里，此次一别，她还是希望能够有机会再相见的。可惜，千里迢迢，路程太远，没法见了，况且今日一别，他们也没有理由，没有身份相见了。想要放下，只能死心，可惜又根本忘不掉，太难了。

在绝望之中，乐婉突然又迸发了一丝希望，她要许愿，安慰自己，他们分开，全怪是前生的缘分不够。她想要许下今生唯一的心愿：祈求还有来世，希望下一辈子再跟施酒监来一场轰轰烈烈的爱情。

乐婉爱得有多深，纸上可见，时代可见。

虽是风尘女子，但乐婉爱得比谁都决绝、果敢，如飞蛾扑火般义无反顾。短短四十六字间，道尽了古往今来生死不渝的爱情真谛。

这是她留下的唯一一首词，数百年来感动了无数善男信女，由此得以流传，明朝陈耀文的《花草粹编》，宋杨堤的《古今词话》都有记载：杭妓乐婉与施酒监善，施尝赠以词。明梅鼎祚《青泥莲花记》（卷十二）、赵世杰《古今女史》（卷十二）、清周铭《林下词选》（卷五）及徐釚的《词苑丛谈》（卷七）等书，也均有收录。

乐婉和施酒监，最后各自怎么样了？没人知道。爱情来又如风，去又如风，再心痛，也要接受这样的结局。

有情人终成眷属，在任何时刻都很难。

爱一个人很难，要放下也很难，不如留下入骨相思吧。

我只盼望，在那座繁华都市，和爱人分别的乐婉，带着心里的爱，也过了很完满的一生。

乐婉

宋代歌妓

乐婉，生卒年不详。宋代杭州妓，为施酒监所悦。

施曾有词相赠别，乐乃和之。即今传世的《卜算子·答施》，收录于《花草粹编》卷二自《古今词话》。